SCHICKSALSGEFÄHRTIN

CATAMOUNT LÖWENSHIFTER REIHE
BUCH 3

J.H. CROIX

PROLOG

Vor Jahrhunderten flüchteten sich die Berglöwen in den nördlichen Appalachen immer tiefer in die Berge, um sich davor zu schützen, dass die Menschen immer weiter in ihr riesiges Revier vorstießen. Sie entwickelten die Fähigkeit, sich von einem Menschen in einen Berglöwen und wieder zurück zu wandeln, um ihre Art vor dem Aussterben zu bewahren, während sie unbemerkt weiterleben konnten. So hielten alle Leute diese imposanten Wildkatzen für eine bloße eine Legende. Berichte über Sichtungen wurden als kühne Gerüchte abgetan. Als eine Unmöglichkeit. Bis eines Abends auf einer stark befahrenen Straße ein Auto in der Dunkelheit ein Tier erfasste. Das war die erste bestätigte Sichtung eines Berglöwen im Osten seit fast fünfundsiebzig Jahren. Die Wildkatze verstarb, ihr einzigartiges Leben war von einem Auto ausgelöscht worden. Doch dieser Berglöwe war kein gewöhnlicher Berglöwe. Die Autopsie ergab, dass es sich tatsächlich um einen Berglöwen gehandelt hatte und dass dieser Löwe vermutlich über 2.000 Kilometer von South Dakota aus zurückgelegt hatte – die längste bekannte Wanderung eines solchen Tieres. In Catamount, im US-Bundesstaat

Maine, lebten die Shifter mitten unter den Menschen und schützten ihre Art seit Jahrhunderten erfolgreich. Bis einer der ihren einen unwahrscheinlichen Tod fand und sie von einer Bedrohung für ihre Art erfahren mussten.

KAPITEL EINS

Liliana North sah dem Schneetreiben um sie herum zu, als sie neben ihrem Auto am Straßenrand stand. Es war früh an einem Wintermorgen in Catamount, im Bundesstaat Maine. Der Schnee war kaum gefallen, als sich die Wolken lichteten. Die Sonne erhob sich über dem Horizont, ihre Strahlen leuchteten hell gegen die winterlich weiße Landschaft. Die Straße schlängelte sich durch die Außenbezirke von Catamount, ein bewaldetes Stück Land auf der einen Seite und ein Feld auf der anderen. Der Duft von Balsamtannen lag beißend in der kalten Luft. Sie beugte sich vor, um einen Blick auf ihre Reifen zu werfen.

„Eindeutig platt", stellte sie fest. Als Antwort gab eine Krähe ein Krächzen von sich. Sie blickte auf und sah, dass die Krähe auf dem Dach ihres Autos gelandet war und sie neugierig beäugte. Sie musterte die Krähe, die ihr zwar Gesellschaft leistete, aber bei ihrer Reifenpanne keine Hilfe sein würde. Dann kramte sie ihr Handy aus der Tasche und seufzte. Die Mobilfunkabdeckung war in den Außenbezirken von Catamount äußerst unzureichend. Catamount lag in den Ausläufern der Appalachen, und die Hügel und Täler waren für den Handyempfang bekanntermaßen wenig förderlich.

Liliana, die von allen, die sie kannten und liebten, Lily genannt wurde, zog ihre Jacke fester um sich und blickte die Straße entlang. Es war kurz nach sieben Uhr morgens und um diese Zeit rechnete sie nicht mit allzu vielen Autofahrern. Kopfschüttelnd machte sie sich ans Werk und wechselte ihren Reifen. Augenblicke später kullerten zwei der Radmuttern über die vereiste Fahrbahn und sie musste sich unter ihr Auto schieben, um sie wieder einzufangen. Während sie also auf dem Boden lag und den kalten Schnee im Rücken spürte, hörte sie, wie ein Auto zum Stehen kam und sich Schritte langsam auf sie zubewegten.

„Brauchen Sie Hilfe?"

Die Stimme war tief, rau, eindeutig männlich ... und heiß. *Ernsthaft? Wie kannst du bloß eine Stimme für heiß halten, wenn du den Mann, dem sie gehört, noch nicht mal zu Gesicht bekommen hast?* Lily verdrehte die Augen und strich sich die Haare aus dem Gesicht. Sie kannte die Antwort auf diese spöttische Frage ihres Verstandes. Sie war achtundzwanzig Jahre alt und irgendwie war sie trotz aller Bemühungen immer noch Jungfrau. In letzter Zeit hatte sie nur noch Sex im Kopf. Nachdem sich vor kurzem einige ihrer engsten Freundinnen verliebt hatten und sie sich selbst über ihre Jungfräulichkeit ärgerte, schien sie nicht anders zu können, als jeden Mann, der ihr über den Weg lief, eingehend zu begutachten und ihn mitunter sogar zu begehren. *Aber das hier ist doch nur ein x-beliebiger Kerl, der angehalten hat, um dir bei deiner Panne zu helfen.* Sie wünschte, sie hätte einen Ausschaltknopf für ihre Neigung, mit sich selbst zu reden. Dann überlegte sie, was sie dem Mann mit der heißen Stimme antworten sollte. Sie konnte die Hilfe gut gebrauchen, da sie sich nicht sicher war, ob ihr Reservereifen überhaupt in einem brauchbaren Zustand war.

Also streckte sie sich und krümmte ihre Finger um die letzte der verloren gegangenen Radmuttern. Mit festem Griff zwängte sie sich unter ihrem Auto hervor und erstarrte fast, als ihr Blick auf Noah Jasper fiel. Großgewachsen, dunkel, sinnlich, rätselhaft und auf jeden Fall verdammt heiß – das war Noah Jasper. Lily hatte in der Highschool viele Fantasien über Noah gehabt. Er war ihr zwei Jahre voraus und hatte die Hälfte der Mädels in Catamount um den Finger gewickelt. Aber er hielt sich aus allem raus. Soweit Lily wusste, war er noch nie mit jemandem aus Catamount ausgegangen. Er hatte direkt das College besucht und war dann zu den Marines gewechselt. Man munkelte, er sei bei den Special Forces gewesen. Vor ein paar Monaten hatte sie erfahren, dass Noah zurück nach Catamount gezogen war.

Da lag sie nun flach auf dem Rücken im Schnee und beim bloßen Anblick von Noah durchfuhr sie eine Gänsehaut. Er beugte sich vor und streckte seine Hand aus. Sie legte ihre Hand in seine und erschauderte über die Wärme, die ihr entgegenschlug. Ihre Hand wurde von seiner förmlich verschluckt. Ohne den Anschein zu erwecken, dass er sich anstrengte, zog er sie langsam auf die Beine. Als sie stand, verstaute sie die Radmuttern in ihrer Tasche, blickte in seine bernsteinfarbenen Augen und versuchte, nicht zu erröten. Sein Mund verzog sich leicht.

„Was?", fragte sie.

Noah deutete auf ihr Haar. „Du hast Tannennadeln in deinem Haar."

Sie streckte die Hand aus und spürte, dass ihr mehrere Nadeln aus dem Haar ragten. So fuhr sie mit den Händen hindurch. Als sie meinte, die letzte Tannennadel herausgezupft zu haben, warf sie einen Blick auf Noah, der ruhig dastand. Sie schüttelte ihre Jacke, um den losen Schnee abzustreifen. Von allen Leuten, die sie mit Tannennadeln im Haar und Schnee auf dem Rücken sehen sollten, war Noah mit Sicherheit nicht ihre erste Wahl. Er war ein attraktiver und geheimnisvoller Shifter, der von zu Hause fortgezogen war, während sie eine langweilige, zurückhaltende Computerprogrammiererin war. In der Welt, in der sie lebten, war sie wohl diejenige, die man am allerwenigsten bemerkte. Catamount war eine Stadt voller Berglöwenshifter. Obwohl Lily aus einer der ältesten Shifterfamilien der Stadt stammte, zog sie kaum Blicke auf sich und so sollte es auch bleiben. Noah hingegen erregte jede Menge Aufmerksamkeit, was ihm aber nichts auszumachen schien.

Sie zwang sich, sich auf den Augenblick zu konzentrieren. „Danke, dass du angehalten hast. Ich habe einen Plattfuß, aber ich kriege ihn einfach nicht gewechselt und ich bin mir auch nicht sicher, ob mein Ersatzreifen noch gut in Schuss ist."

Noah sah ihr wieder in die Augen und nickte. Verdammt, sah der gut aus. Er hatte ebenmäßige Züge. Wie bei den meisten Shiftern hatte sein Gesicht einen katzenhaften Ausdruck, seine Wangenknochen waren schräg nach oben gerichtet, die Augenwinkel leicht geneigt. Sein fast schwarzes Haar ließ seine bernsteinfarbenen Augen hervorstechen. Sein Mund war sinnlich und voll. Er deutete mit einem Nicken auf ihren Ersatzreifen. „Darf ich mir das mal ansehen?"

Ihr Herz pochte so laut, dass sie kaum denken konnte. Sie nickte schnell. „Nur zu."

Noah rollte den Reifen von der Stelle weg, an der sie ihn an ihrem Auto gelehnt hatte, betrachtete ihn eingehend und versetzte ihm einen Schubs. Der Gummi gab unter dem Druck seiner Hand leicht nach. Er blickte auf und schüttelte den Kopf. „Der braucht Luft." Dann hob er den Reifen hoch, lief zum Kofferraum seines Wagens und verstaute ihn dort. Ohne ein Wort zu sagen, richtete er schnell den Wagenheber aus und senkte ihr Auto ab.

„Was machst du da?"

Noah drehte sich zu ihr um, und seine bernsteinfarbenen Augen ließen ihr Herz schneller schlagen. „Ich sorge dafür, dass dein Wagen erst mal gesichert ist. Wir können ihn nicht so aufgebockt hier stehen lassen. Ich setze dich dort ab, wo du hinmusst und komme später hier vorbei, sobald ich deinen Reifen repariert habe."

„Oh, ähm, das ist doch gar nicht nötig." Lily fühlte sich unwohl und verunsichert, dass er ihr so schnell zur Hilfe kam.

Doch Noah sah ihr wieder in die Augen. Sie wusste nicht, wie sie es bloß schaffen sollte, mit ihm zusammen in einem Auto zu fahren. Seine Nähe brachte sie ohnehin schon fast um den Verstand. Feuchte Hitze durchströmte sie, als er eine Braue hochzog. „Ich werde dich bestimmt nicht hier stehen lassen, und es wäre zu gefährlich, mit dem Ersatzreifen zu fahren." Daraufhin warf er einen Blick auf sein Handy. „Da es hier keinen Empfang gibt, kannst du doch nicht ernsthaft glauben, ich würde einfach so wegfahren. Was machst du dann? Auf den Nächsten warten, der hier vorbeikommt?" Plötzlich weiteten sich seine Augen und dann folgte ein Blick voller Bitterkeit. „Ah, schon kapiert. Du denkst, ich hätte etwas mit dem Schlamassel zu tun, in den mein Onkel hineingeraten ist?"

Lily schüttelte entschieden den Kopf. „Nein!

Daran habe ich überhaupt nicht gedacht." Während sie das sagte, stellte sie fest, dass sie sich das wahrscheinlich schon gefragt hätte, wenn sie nicht so von ihm überwältigt gewesen wäre. Die letzten Monate in Catamount waren von Unruhen und Verrat geprägt gewesen, nachdem der Tod eines Shifters dessen Geheimnisse ans Tageslicht gebracht hatte. Callen Peyton war in Gestalt eines Berglöwen gestorben, als er ausgerechnet in Connecticut von einem Auto überfahren worden war. Lilys Bruder Jake hatte Callens Pläne aufgedeckt, die Dienste der Shifter von Catamount an ein Netzwerk von Drogenschmugglern im Westen zu verkaufen. In der Folge war es zu einer Entführung und einer Verfolgungsjagd bis nach Montana gekommen.

Noahs Onkel, Theo Jasper, war vor ein paar Wochen wegen seiner Beteiligung an dem Schmuggelnetzwerk verhaftet worden. Das war jedenfalls die Darstellung für die Öffentlichkeit. Die vollständige Geschichte kursierte nur unter den Berglöwenshiftern in Catamount. Was alle anderen nicht wussten, war, dass Theo in die Gestalt eines Berglöwen geschlüpft war und zuerst Lilys Bruder Jake und einen anderen Freund auf eine wilde Jagd durch die Stadt mitgenommen hatte. Diese kleine Begebenheit war eine weitere in einer ganzen Kette von Ereignissen in Catamount, die tiefe Risse in die Gemeinschaft der Shifter getrieben hatten.

Die Shifter von Catamount waren über Jahrhunderte sicher gewesen, indem sie ihr Dasein als gut gehütetes Geheimnis bewahrt hatten. Callens Tod und die Machenschaften des Drogenschmugglernetzwerks drohten, dieses Geheimnis auffliegen zu lassen. Für Lily hatte Noah nicht ganz unrecht. Auch wenn sie im Augenblick nicht daran gedacht hatte, konnte sie sich gut vorstellen, dass seit Theos Verhaftung viele Augen auf ihn gerichtet waren. Aber in seiner Gegenwart war sie innerlich so aufgewühlt, dass ihr Hang zum Misstrauen völlig erloschen war. Sie holte tief Luft und sah ihm in die Augen.

„Daran habe ich wirklich nicht gedacht, Noah. Ich bin bloß nicht so gut darin, Hilfe anzunehmen, das ist alles." Ihre Worte waren wahr, aber gleichzeitig war es schwer zu wissen, wem man in Catamount noch trauen konnte. Auch wenn Noah ihren Körper in helle Aufregung versetzte, sagte ihr Bauchgefühl ihr, dass er vertrauenswürdig war. Ihr Atem hinterließ kleine Wölkchen in der Luft. Die Krähe, die vorhin auf ihrem Auto gesessen hatte, krächzte von einem nahen Baum. Dort, wo die Sonnenstrahlen auftrafen, funkelte der Schnee.

„Ich nehme an, dass es für dich zurzeit nicht sonderlich angenehm sein dürfte, in Catamount zu leben", meinte sie schließlich.

Noah zuckte mit den Schultern, seine Augen waren wachsam. „Theo ist ein Arsch. Ich kenne ihn ja kaum. Er ist der Bruder meines Dads, und ich stand meinem Dad vor seinem Tod nicht besonders nahe. Ich kann ja verstehen, dass die Leute reden, aber du kannst mir glauben, dass ich mit dem ganzen Scheiß überhaupt nichts zu tun hatte. Meine Mom ist zwar völlig aus dem Häuschen deswegen, aber ich schätze, wir müssen warten, bis sich die Aufregung gelegt hat." Er drückte sich sachlich und höflich aus. Dann begegnete er wieder ihrem Blick. Mit einem knappen Nicken fuhr er fort. „Also, kommst du mit?"

Lily nickte, schlang die Arme um ihre Taille und zitterte, als eine Windböe über die Straße wehte und Schnee aufwirbelte. „Ich schnappe mir nur schnell meine Tasche." Dann eilte sie zu ihrem Auto und griff nach ihrer Handtasche. Noah wartete bei seinem Wagen. Sobald sie bei ihm angekommen war, öffnete er ihr die Tür. Sie hatte gar nicht bemerkt, wie kalt ihr geworden war, bis er die Tür geschlossen hatte und die Wärme seines Führerhauses zu ihr durchdrang.

Nachdem er eingestiegen war, blieb er einen Augenblick ruhig sitzen, bevor er sich ihr zuwandte. „Wenn ich wie ein Idiot rübergekommen bin, dann war das nicht meine Absicht. Diese ganze", er hielt inne und machte eine flüchtige Geste, „Sache macht mich ganz krank."

„Du bist überhaupt nicht wie ein Idiot rübergekommen. In letzter Zeit ist doch jeder ziemlich angespannt." Dass er sie auf eine ganz andere Art und Weise nervös machte, fügte sie allerdings nicht hinzu.

Er musterte sie einen langen Augenblick lang und sie spürte, wie ihr die Röte ins Gesicht und über den Hals kroch. Er war viel zu heiß, als dass sie hätte klar denken können. Ihr hinterhältiger Körper brodelte vor Hitze. Noah war wirklich eine Nummer zu groß für sie. Es gab einen Grund dafür, dass sie noch Jungfrau war, und das lag ganz bestimmt nicht daran, dass sie sich für irgendwen aufsparen wollte. Sie war eben nicht die Art von Frau, die Männern auffiel. Weibliche Shifter sollten eigentlich scharf sein, aber auch wenn sie nicht genau sagen konnte, was ihr fehlte, wusste sie, dass sie Noah nur deshalb aufgefallen war, weil ihr Auto eine Panne gehabt hatte.

Er nickte langsam. „Das kann man wohl sagen." Damit wandte er sich ab und legte den Gang ein. „Wohin?"

———

Noah warf einen Blick zu Lily hinüber und holte tief Luft. Lily North war so ziemlich die süßeste Frau, die er je gesehen hatte, und er konnte sich nicht erklären, warum sie ihm noch nie aufgefallen war. Ihr goldbraunes Haar fiel ihr in lockeren Wellen um die Schultern. Sie hatte versucht, ihr Haar zu bändigen, nachdem sie die Tannennadeln herausgezogen hatte, aber das war ihr nur bedingt gelungen, was ihm ganz recht war, da sie dadurch nur noch süßer aussah. Ihre blauen Augen begegneten den seinen und sie biss sich auf die Lippe. Er musste sich dazu zwingen, noch mal Luft zu holen. Verdammt! Er kannte Lily schon so lange, wie er sich erinnern konnte, aber bisher eher flüchtig. Es war nicht so, dass sie ihm nicht aufgefallen wäre, aber er war ihr nie nahe genug gekommen, um zu erkennen, dass sie mit ihren himmelblauen Augen, ihren geröteten Wangen und ihrem zierlichen, kurvenreichen Körper einfach umwerfend war.

Sie stammten beide aus Shifterfamilien in Catamount. Der Unterschied war, dass Lilys Familie in Catamount hoch angesehen war, während seine Familie vermutlich eher im Begriff war, von der Bildfläche zu verschwinden. Theos Verwicklung in den Drogenschmuggelskandal war nur ein weiterer Punkt auf ihrer Liste der Missetaten. Noahs Vater, Willis Jasper, war vor fünf Jahren an einem Herzinfarkt gestorben. Bei seinem Tod hatte Noah lediglich Erleichterung und Bedauern empfunden. Willis hatte seine Mutter misshandelt, solange Noah denken konnte. Genau wie bei Menschen gab es auch unter Shiftern viele, die nichts anderes wollten, als schnell an die Macht zu kommen. Willis' Art, dieses Ziel zu erreichen, bestand darin, jeden zu unterdrücken, der ihm zu nahe kam. Noah hatte es sich zur Gewohnheit gemacht, ihm aus dem Weg zu gehen. Das Einzige, was er seinem Vater verdankte, war seine Fähigkeit, sich leise und fast unsichtbar fortzubewegen, was ihm bei den Marines gute Dienste geleistet und es ihm ermöglicht hatte, in die Special Forces aufzusteigen. Verdeckte Missionen fielen ihm leicht.

Noah war vor ein paar Monaten zurück nach Catamount gezogen, als er erfahren hatte, dass es um die Gesundheit seiner Mutter nicht zum Besten bestellt war. Sie hatte ihm zwar nichts davon erzählt, aber seine Tante hatte ihn angerufen und ihm berichtet, dass bei seiner Mutter Lungenkrebs diagnostiziert worden war. Als er nach Hause zurückgekehrt war, hatte er von ihrem Arzt erfahren, dass der Krebs bereits auf ihre Wirbelsäule übergegriffen hatte. Dabei hatte sie nie in ihrem Leben geraucht. Der Arzt hatte ihr erklärt, dass sie wahrscheinlich jahrelang Radon-Gas ausgesetzt gewesen war. In Neuengland war der Radongehalt im Boden hoch. Deshalb wurden in vielen Häusern Filteranlagen installiert, aber in ihrem Haus hatte es nie eine gegeben.

Er erinnerte sich an den heutigen Morgen, als er sie Blut hustend in der Küche vorgefunden hatte. Er schob die Erinnerung daran sofort beiseite. Sie war krank und lag höchstwahrscheinlich im Sterben. Er musste sich irgendwie mit dieser Tatsache abfinden. In der begrenzten Welt seiner Kindheit war seine Mutter der einzige Lichtblick in seinem Herzen gewesen. Obwohl sie es nie geschafft hatte, Willis zu verlassen, hatte sie alles getan, um Noah zu beschützen, und war sein ganzes Leben lang eine Quelle ständiger Unterstützung und Liebe gewesen.

Als er von ihrer Krankheit erfahren hatte, hatte er nicht lange gezögert, zurück nach Catamount zu ziehen. Nachdem er bei einem Bombenangriff in Afghanistan mehrere Verletzungen erlitten hatte, war er zu Verwaltungsaufgaben auf die Basis versetzt worden. Er hätte zwar abwarten können, bis er wieder voll einsatzfähig war, aber er wollte auf keinen Fall seine Mutter ganz allein sterben lassen. Sein Vater mochte ein Hauptgrund dafür gewesen sein, dass er Catamount verlassen hatte, aber seine Mutter hatte sein Herz an die Stadt gefesselt.

Außerdem vermisste er Catamount – die kargen Jahreszeiten, die verwitterte Schönheit der Wälder hier, die versteckten Ecken und Winkel in den Appalachen und den einzigen Ort, an dem er sich sicher fühlte, weil er ein Shifter war. Während er über ein Jahrzehnt fortgezogen war, konnte er an einer Hand abzählen, wie oft er sich in die Gestalt eines Berglöwen verwandelt hatte, während er unterwegs gewesen war. Das wäre zu gefährlich gewesen, also hatte er die Tür zu diesem Teil von sich selbst verriegelt. Es war nicht so, dass Shifter in Catamount frei als Berglöwen herumliefen, aber mindestens die Hälfte der Stadt waren Shifter, und die ausgedehnte Wildnis in der Nähe erlaubte es ihnen, sich frei zu bewegen, wann immer sie wollten. In den wenigen Monaten, in denen er zu Hause gewesen war, hatte er viele Stunden damit verbracht, durch die Wälder und Gebirgsausläufer zu streifen – und sich wieder voll und ganz wie ein Berglöwe zu fühlen.

Lilys Handy bimmelte – ein zirpender Klingelton – und sie schreckte aus ihrem Sitz hoch. Noah warf einen verstohlenen Blick zur Seite, als er sah, wie sie in ihrer Handtasche nach ihrem Handy suchte. Doch kaum hatte sie es herausgeholt, ließ sie es auch schon fallen. Das Handy verschwand unter ihrem Sitz und war nicht mehr zu sehen. Er unterdrückte den Drang zu lachen. Sie sah so aufgeregt und verdammt süß dabei aus.

„Verdammt!" Sie lehnte sich vor, setzte sich aber schnell wieder auf. „Da komme ich auf keinen Fall ran. Ich kann es ja nicht mal sehen." Sie seufzte und lehnte sich zurück.

„Ich hole es dir, sobald wir anhalten", bot er an.

Als er an einer Kreuzung in der Nähe des Stadtzentrums von Catamount anhielt, sah er zu ihr hinüber. Sie blickte aus dem Fenster, kaute auf ihrer Lippe und wickelte eine Locke ihres seidigen Haares um ihren Finger.

„Wo soll ich dich absetzen?"

Sie wandte sich ihm zu. Als ihre wunderschönen blauen Augen auf seine trafen, errötete sie und Unsicherheit blitzte in den Tiefen des Blaus auf. Sie biss sich auf die Lippe und ein Schauer der Begierde durchfuhr ihn. Noah hatte keine Ahnung, was da über ihn gekommen war, aber sein Körper hatte ihm alles Mögliche über Lily zu sagen. Er konnte sich nicht erinnern, wann er das letzte Mal eine Frau auch nur wahrgenommen hatte. Er hatte zwar mal einige Verabredungen gehabt, aber nie war mehr daraus geworden. Nach dem Alptraum, in dem er mitansehen hatte müssen, wie sein Vater seine Mutter zugrunde gerichtet hatte, glaubte er nicht mehr an das Märchen von Liebe und Romantik. Daher hatte er sich in seine Karriere gestürzt und Beziehungen eher oberflächlich gehalten. Die Wirkung, die Lily auf ihn ausübte, war ungewöhnlich. Er wollte unbedingt herausfinden, was hinter diesem Aufflackern von Unsicherheit steckte. Sein Körper wollte ihre üppigen Kurven und ihre Lieblichkeit in seinen Schoß zerren und sie besinnungslos küssen.

Aber er unterdrückte sein Verlangen und konzentrierte sich auf den Augenblick. „Du kannst mich am Büro meines Bruders absetzen", meinte sie schließlich.

Die Ampel schaltete um und er überquerte die Kreuzung und bog in Richtung Innenstadt ab, wo sich Jakes Büro befand. „Du arbeitest bei Jake?"

Sie schüttelte den Kopf. „Nicht wirklich. Manchmal helfe ich ihm bei Projekten."

„Ich weiß, dass Jake etwas mit Computern macht, aber was machst du?"

„Jake programmiert, erstellt Webseiten und ist das, was die meisten Leute als forensischen Computerexperten bezeichnen würden. Kurz gesagt: Er hackt, was das Zeug hält, aber er bleibt dabei legal. Ich arbeite in der gleichen Branche, aber wir machen unterschiedliche Dinge. Ich befasse mich mit der anderen Seite des Hackens, indem ich Schwachstellen in Netzwerken aufspüre und dabei helfe, sie zu beheben. Ich bin freiberuflich tätig und arbeite meistens von zu Hause aus. Wenn Jake zusätzliche Hilfe braucht, ruft er meist mich an."

„Verdammt. Man könnte also behaupten, dass es in der Familie liegt, besonders clever zu sein, oder?"

Während Noah das sagte, fuhr er vor Jakes Büro vor. Er wandte sich an Lily. Wieder waren ihre Wangen gerötet. Sie zuckte mit den Schultern und zwirbelte die Haarsträhne immer noch um ihren Finger. „Nicht wirklich. Aber wir stehen eben beide auf Computer." Sie warf einen Blick in Richtung Jakes Büro und dann wieder zu Noah. „Soll ich mal nachsehen, ob Jake sich um den Reifen kümmern kann?"

Noah konnte sich das nicht erklären, aber er wollte auf keinen Fall die Gelegenheit verpassen, sie wiederzusehen. Selbst wenn das nur bedeutete, sie mit dem reparierten Reifen abzuholen und zu ihrem Auto zurückzubringen. „Nein. Ich kümmere mich schon darum. Wie lange wolltest du heute in der Stadt bleiben?"

„Ich hatte nicht wirklich viel geplant. Wann wolltest du denn wieder los?"

„Ich muss noch ein paar Besorgungen machen, aber ich sollte heute Nachmittag fertig sein. Wie wäre es, wenn ich dich gegen zwei abhole?" Er verschwieg, dass er die meiste Zeit des Tages bei seiner Mutter sitzen würde, während sie ihre letzte Chemotherapie erhielt.

Lily nickte. „Sicher. Einverstanden." Dann setzte sie sich in Bewegung, um aus dem Auto auszusteigen. „Oh, ich muss noch schnell mein Handy holen!"

Sie sprang aus dem Wagen und lugte unter den Sitz. Noah beobachtete sie einen Augenblick lang und beugte sich dann hinunter, um zu sehen, ob er ihr Handy finden konnte. Als er es auf der Fahrerseite entdeckt hatte, blickte er auf, um etwas zu sagen, und sah Lilys Gesicht nur wenige Zentimeter von seinem entfernt.

Ihre blauen Augen weiteten sich, als er ihren Blick erwiderte. Die Röte, die unter der Oberfläche ihrer Haut brodelte, flammte auf ihren Wangen auf. Ihre Lippen, prall und fast makellos geschwungen, waren so verlockend, dass sein Atem stockte und sein Puls pochte. Seine Augen, die eindeutig machten, was sie wollten, glitten nach unten. Sie trug ein Shirt mit Rundhalsausschnitt, das nach unten hing, da sie sich vorgebeugt hatte. So waren die großzügigen Kurven ihrer Brüste zu sehen, und ein Hauch von blauer Spitze reizte ihn. *Heilige Scheiße.* Ihre elfenbeinfarbene Haut war unglaublich zart. Er konnte den Schlag ihres Pulses an ihrem Hals erkennen.

Plötzlich erstarrte sie und wich von ihm zurück. Für den Bruchteil einer Sekunde schmerzte sein Körper förmlich. Er war so nah dran gewesen, sie zu berühren, dass es ihn schmerzte, als er die Gelegenheit dazu verpasste. Er zwang sich, tief Luft zu holen, bevor er sich aufsetzte. Dann streckte er ihr das Handy entgegen. „Hier, bitte sehr. Also, äh, sehen wir uns heute Nachmittag?"

Lily strich sich die honigfarbenen Strähnen hinter die Ohren und zog ihre Jacke vorne zusammen, um ihre köstlichen Brüste vor seinem Blick zu verbergen. Er bezweifelte, dass sie ahnte, welche Wirkung sie auf ihn hatte. Das war wie ein Blitz aus heiterem Himmel gewesen. Er war mehr als erleichtert, als er sich hinsetzen konnte und seine Jacke die Beule in seiner Hose verdeckte. Sie nickte schnell und schnappte sich ihre Handtasche. Als sie sich zum Gehen wandte, fiel ihm auf, dass sie ihr Handy noch gar nicht entgegengenommen hatte.

„Hey, wolltest du nicht dein Handy haben?"

Sie wirbelte zurück. „Oh! Ja, ja, natürlich." Dann streckte sie die Hand aus und ihre Finger berührten seine, als sie das Handy entgegennahm. „Bis gleich. Danke fürs Mitnehmen." Rasch wandte sie sich ab und rannte fast den Weg zum Büro ihres Bruders hinauf.

KAPITEL ZWEI

„Wer hat dich denn hier abgesetzt?", fragte Jake in dem Augenblick, als Lily sein Büro betrat.

Sie zog ihren Mantel aus und hängte ihn an den Haken neben der Tür. „Noah Jasper." Dann wandte sie sich um und sah ihrem Bruder in die Augen. Er wölbte eine Augenbraue, Zweifel zeichneten sich auf seinen Zügen ab.

„Warum hat er dich mitgenommen?"

Lily verschwand in der Ecke und trat an den kleinen Tisch, auf dem eine Kaffeekanne und Tassen standen. Sie betrachtete die leere Kaffeekanne und seufzte. „Ich hatte auf dem Weg hierher eine Reifenpanne und er hat angehalten, um mir zu helfen. Ich wollte eigentlich meinen Ersatzreifen aufziehen, aber darin war nicht genug Luft. Als Noah angehalten hat, hat er mir angeboten, mich mitzunehmen und den Reifen reparieren zu lassen. Er bringt mich heute Nachmittag zu meinem Auto zurück."

Sie wusste genau, dass Jake sich darüber ärgern würde. Er hätte gewollt, dass sie ihn anrief. Schließlich war er der ganz gewöhnliche übervorsichtige ältere

Bruder. Seine Neigung in diese Richtung hatte sich mit den jüngsten Ereignissen in Catamount eher noch verschlimmert. Lily ärgerte sich nur ein klein wenig über Jakes anmaßende Art, aber manchmal konnte das Ganze auch ziemlich nervtötend sein. Als Noah angehalten hatte, um sie abzusetzen, hatte sie das Gefühl, dass sie anbieten musste, Jake helfen zu lassen, weil sie sich Noah nicht aufdrängen wollte. Aber als er schließlich darauf bestanden hatte, war sie doch ein klitzekleines bisschen erfreut gewesen. Endlich würde mal jemand anderes als Jake auf sie aufpassen.

In letzter Zeit war Jake sehr abgelenkt gewesen. Zum einen hatte er im Mittelpunkt der Ereignisse gestanden, die sich seit Callens Tod abgespielt hatten. Er war auf Callens verschiedenen E-Mail-Pseudonyme gestoßen und hatte Callens Verbindungen zum Drogenschmuggelnetzwerk aufgespürt. Außerdem war er Dane Ashworths bester Freund. Danes Verlobte, Chloe Silver, war von einem anderen Shifter von außerhalb der Stadt und Callens jüngerem Bruder, Randall Peyton, entführt worden. Der Gedanke an all das hatte Lily ziemlich mitgenommen und sie wusste auch, dass Jake fast am Ende seiner Kräfte war. Außerdem hatte er endlich Farbe bekannt und zugegeben, dass er in Phoebe Devine verliebt war, die seit vielen Jahren eine gute Freundin von ihnen beiden war. Und darüber hätte Lily sich nicht mehr freuen können.

Sie begegnete Jakes Blick aus seinen blauen Augen. Dabei lehnte er sich etwas in seinem Stuhl zurück. „Obacht. Wir wissen nicht, ob Noah nicht mit seinem Onkel unter einer Decke gesteckt hat."

„Ich bin doch nicht blöd, Jake. Ich weiß genau, dass wir nicht wissen, wem wir vertrauen können. Aber Noah war so freundlich, anzuhalten und nach dem Rechten zu sehen, als er mein Auto gesehen hat. Wenn er nicht angehalten hätte, hätte ich auf den Nächsten warten müssen, der vorbeigefahren wäre. Ich sage ja nicht, dass ich sicher weiß, dass er ungefährlich ist, aber ich gehe davon aus. Theo war der Bruder seines Dads und du weißt ja, wie es um seinen Dad bestellt war."

Lily hatte Noah vielleicht als Kind nicht sehr nahegestanden, aber Catamount war nicht allzu groß, und die Shifterszene in Catamount war noch kleiner. Noahs Vater war in der ganzen Stadt als gewalttätiges Arschloch verschrien gewesen. Sie konnte sich noch gut daran erinnern, wie Willis Jasper Noahs Mutter Carol einmal geschlagen hatte, als sie an einer Tankstelle angehalten hatte. Jeder wusste, dass er seine Frau schlug, aber niemand schien zu wissen, ob auch Noah seinem Zorn ausgesetzt war. Bekannt war nur, dass Noah seinem Vater nicht nahegestanden hatte und so schnell wie möglich weggezogen war. Bis zum Tod seines Vaters kam er nur selten zu Besuch. Lily war überzeugt, dass Noah nichts mit den Machenschaften seines Onkels zu tun hatte. Das passte nicht. Der Blick in seinen bernsteinfarbenen Augen, wenn Schmerz und Verbitterung in ihnen aufblitzten, kam ihr wieder in den Sinn. So wie Noah sich gefragt hatte, ob sie ihm wegen Theo aus dem Weg ging, stellte Jake ihn aus genau diesem Grund in Frage.

Sie nahm gegenüber von Jake Platz. Er beäugte sie. Sie spürte, dass er nicht sicher war, wie er auf ihre positiven Worte über Noah reagieren sollte. Lily war alles andere als streitlustig. Sie hielt lieber ihren Kopf gesenkt und ging ihrer Arbeit nach. Doch aus irgendeinem Grund hatte sie das Gefühl, dass sie es bei Jake unbedingt darauf ankommen lassen wollte. Sie begegnete seinem Blick. „Ich weiß, dass wir nicht davon ausgehen können, dass alle unschuldig sind, vor allem nicht nach dem, was in den letzten Monaten passiert ist, aber vielleicht solltest du auch nicht davon ausgehen, dass alle es auf mich abgesehen haben. Mein Gefühl sagt mir, dass Noah nichts mit der Sache zu tun hat."

Jake schwieg einen langen Augenblick, bevor er mit den Schultern zuckte. „Na gut. Er wird ohnehin genauestens beobachtet. Wenn es etwas gibt, worüber wir uns Sorgen machen müssen, werden wir davon früh genug erfahren."

Damit waren sie auch schon beim nächsten Thema und kamen auf Jakes neuestes Projekt zu sprechen. Er brauchte ihre Hilfe, um ein Sicherheitsnetzwerk für einen neuen Firmenkunden abzusichern. Lily stürzte sich in ihre Arbeit. Sie liebte Computer. Programmieren war für sie ein Kinderspiel. Außerdem entsprach der Job ihrer Persönlichkeit. Sie war als introvertiertes Mädchen in eine extrovertierte Familie hineingeboren worden. Jake war der Inbegriff eines Shifters der Familie North – mutig, selbstbewusst und jedermanns Freund. Sie war das genaue Gegenteil. Soziale Verpflichtungen stressten sie total. Dort fühlte sie sich immer so unbeholfen und fehl am Platze. Sie verfügte über einen kleinen Kreis von guten Freunden, aber darüber hinaus blieb sie lieber für sich. Sie sprach mit niemandem darüber, aber sie fühlte sich als Shifterin oft unwohl. Für ihre Familie war es das Größte. Für sie fühlte es sich hingegen manchmal wie eine Last an. Sie konnte sich zwar auch nicht vorstellen, keine Shifterin zu sein, aber die jüngsten Ereignisse hatten dieses belastende Gefühl nur noch verstärkt. Liebesbeziehungen waren ihre größte Angst – zumindest in ihrem Kopf. Sie war nie eine Meisterin im Flirten gewesen und allein der

Gedanke an eine ungezwungene Beziehung verunsicherte sie. Nicht, weil sie ein verklemmtes Problem mit zwanglosem Sex hatte, sondern weil sie zu schüchtern war, um ihre Unsicherheit zu überwinden und jemanden einfach erstmal kennenzulernen. Daher ihre Jungfräulichkeit, ihr ganz persönlicher Klotz am Bein.

In ihren Gedanken flackerten plötzlich Noahs bernsteinfarbene Augen auf, gerade als sie innehielt, um etwas in dem Code zu überprüfen, den sie gerade durchging. In dem Augenblick in seinem Truck, als sie nach ihrem Handy gesucht und aufgesehen hatte, hatte sich sein Blick in sie eingebrannt. Für einen kurzen Moment hatte sie angenommen, er hätte sie gleich geküsst. Das pure Verlangen hatte sie übermannt. Dann war sie ganz verunsichert worden und hatte sich zurückgezogen. Er konnte ja nicht ahnen, dass er sie mit pochendem Puls und feuchter Hitze in sich zurückgelassen hatte. Aber Noah hatte sie unmöglich attraktiv finden können, mit all den Tannennadeln in ihrem Haar. Sie schüttelte heftig den Kopf und konzentrierte sich wieder auf ihre Arbeit. Sie liebte Computer, weil man sie mit Logik in den Griff bekam und sie leicht zu verstehen waren. Da gab es keine Unklarheiten über Absichten oder Missverständnisse.

Nach ein paar Stunden Arbeit warf sie einen Blick zu ihrem Bruder hinüber. Jake war schwer in seine Aufgabe vertieft. Sie stieß sich von dem Tisch ab, an dem sie gearbeitet hatte, und streckte sich. „Ich hole mir einen Kaffee bei Roxanne's. Möchtest du auch einen?"

Jake sah endlich auf. „Unbedingt!" Mühsam fummelte er in seiner Tasche. „Hier." Er reichte ihr einen zerknitterten Zwanzig-Dollar-Schein. „Würdest du mir auch etwas zu essen mitbringen? Sag Roxanne, sie soll mir ein Sandwich machen, egal, was es ist."

Lily gluckste und nickte. „Bin gleich wieder da."

Als sie nach draußen kam, schlug ihr der Winterwind mitten ins Gesicht. Sie zog ihre Kapuze hoch und stemmte sich gegen den Wind. Jakes Büro lag mitten in der Innenstadt von Catamount. Catamount war ein typisches Städtchen in Neuengland. Es gab eine malerische Parkanlage mit gepflasterten Wegen und uralten Eichen und Ahornbäumen, die die Stadt überragten. Die meisten Häuser waren mehrere Jahrhunderte alt und gut erhalten, mit kleinen Schildern, die auf das Baujahr und die ursprünglichen Besitzer hinwiesen. In einigen Fällen wohnten die Nachkommen noch immer in den Häusern, wie im Fall ihrer eigenen und vieler anderer Shifterfamilien.

Catamount war vor Jahrhunderten von Berglöwenshiftern gegründet worden. Eine kleine namenlose Siedlung hatte einen alten Spitznamen für Berglöwen erhalten. Wer nicht wusste, dass es Shifter gab, fand den Namen urig und auch passend, da Catamount in der Waldschneise lag, die sich durch die nördlichen Appalachen zog. Berglöwen hatten hier einst in freier Wildbahn gelebt, sodass niemand den Namen der Stadt in Frage stellte. Die wenigsten wussten aber, dass etwa die Hälfte der Bevölkerung aus Shiftern bestand, die von Berglöwenclans abstammten, die aus purer Not die Fähigkeit entwickelt hatten, sich zu wandeln, um ihre Artgenossen zu retten.

Catamount hatte sich von einem kleinen Dorf in Neuengland zu einer mittelgroßen, geschäftigen Stadt entwickelt. Lily genoss die eisige Luft. Obwohl sie fröstelte, liebte sie den Winter und die eindringliche Erinnerung an die Kraft der Natur. Die kahlen Äste hoben sich dunkel gegen den Himmel ab. Der Schnee wurde von Windböen aufgewirbelt. Beim Überqueren der Straße stapfte sie vorsichtig durch eine Schneewehe. Roxanne's Country Store befand sich in einem alten Haus im Kolonialstil. Die hellblaue Tür erstrahlte im grauen Licht des Winters. Sie schob ihre Kapuze zurück und stampfte mit den Füßen auf, um den Schnee abzustreifen, bevor sie sich auf den Weg zu dem Café und dem Feinkostladen im hinteren Teil des Hauses machte.

Aus dem Laden drang ein leises Summen. Lily trat an den Tresen und las die Liste der Angebote auf der Kreidetafel über ihr, während sie wartete. Da kam Roxanne durch die Tür nach hinten und lächelte breit. „Lily! Normalerweise sieht man dich hier nicht zum Mittagessen. Wie geht's?" Roxannes blondes Haar war locker zu einem Pferdeschwanz gebunden, der auf und ab schwang, als sie sich umwandte, um den Timer des Ofens zu überprüfen. Ihre blauen Augen leuchteten, während sie an die Theke trat.

Lily zuckte mit den Schultern. „Ich bin heute in die Stadt gekommen, um Jake bei der Arbeit zu helfen. Ich habe beschlossen, lieber bei dir vorbeizuschauen und einen guten Kaffee zu trinken, anstatt das Instant-Zeug zu kochen, das er immer auf Lager hat."

„Was darf's denn sein?"

„Für mich nur Kaffee. Ich besorge auch etwas für Jake, also was immer du denkst, dass er möchte. Er hätte auch gerne ein Sandwich und hat gesagt, du sollst ihm einpacken, was immer du dahast. Ich nehme auch eins."

„Warte, ich setze mal eine neue Kanne auf."

Schnell wandte sich Roxanne ab, um den Kaffee zu kochen. Währenddessen schaute Lily sich an den verstreuten Tischen um und erblickte Noah an einem Ecktisch. Er blätterte in der Zeitung und hatte eine

Hand um einen Becher Kaffee geschlungen. Während sie ihn so ansah, zuckte sie zusammen, sobald sie Roxannes Stimme hörte.

„Dieser Noah, der sieht gut aus, was?", fragte Roxanne mit einem leisen Kichern.

Lily wirbelte herum. Roxanne stand an der Theke und ihre blauen Augen funkelten vor Vergnügen. Lily zuckte mit den Achseln und unterdrückte ihr Herzrasen, das sich bei seinem Anblick eingestellt hatte. „Vielleicht. Er hat mich heute mitgenommen, als ich eine Reifenpanne hatte. Jake ist zwar ziemlich misstrauisch, aber ich glaube nicht, dass Noah etwas mit dem zu tun hatte, was sein Onkel im Schilde geführt hat."

Roxannes Gesichtsausdruck verdüsterte sich, als sie Lily eine Tasse Kaffee über den Tresen schob. „Kein Wunder, dass du dich das genauso fragst wie alle anderen. Ich bezweifle ernsthaft, dass Noah irgendetwas damit zu tun hat. Nicht, weil ich das mit Sicherheit weiß, sondern weil es einfach nicht seine Art ist. Ich habe ihn in den letzten Monaten kennengelernt, seit er wieder in die Stadt gezogen ist. Er kommt fast jeden Tag hier vorbei. Und er ist ein feiner Kerl."

Neugierig geworden, zog Lily eine Augenbraue hoch. „Wie kommst du darauf?"

Roxanne wandte sich ab, um nach dem Ofen zu sehen und wendete schnell einige Brote in dem mächtigen gemauerten Backofen. Als Roxanne sich wieder umdrehte, warf sie einen Blick auf Noah, bevor sie antwortete. „Er ist nach Hause gekommen, um sich um seine Mutter zu kümmern. Letztes Jahr ist bei ihr Lungenkrebs diagnostiziert worden. Sie hat die Sache zunächst verheimlicht, aber Noah hat mir erzählt, dass schlussendlich ihre Schwester ihn endlich angerufen hat. Ich bin mir nicht sicher, ob sie es schafft, aber

Noah hat ihr bei allem geholfen. Sein Vater ist vor ein paar Jahren gestorben, also wäre sie ohne Noah auf sich allein gestellt. Noah ist absolut zuverlässig. Ich kann mir nicht vorstellen, dass er sich auf Drogenschmuggel einlassen würde."

Lily blickte von Roxanne zu Noah. Ihr Herz schnürte sich zusammen, als sie daran dachte, was seine Mutter durchmachen musste und was es über ihn sagte, dass er nach Hause gekommen war, um sich um sie zu kümmern. Der klitzekleine Teil ihres Herzens, den sie sonst eher zum Schweigen brachte, war voll der Zuneigung für Noah. Dann zwang sie ihren Blick weg von Noah und zurück zu Roxanne. „Ich bin es leid, mir ständig über jeden Gedanken zu machen."

„Das gilt auch für mich. Aber über Noah muss man sich keine Sorgen machen", antwortete Roxanne entschieden.

Nachdem ein weiterer Kunde an den Tresen getreten war, trat Lily an die Seite. Sie blickte Roxanne an. „Ich warte noch ein bisschen. Sag mir einfach Bescheid, sobald die Sandwiches fertig sind."

Roxanne nickte und wandte sich dem nächsten Kunden zu. Indessen blickte Lily wieder in Noahs Richtung. Nachdem er heute Morgen so nett zu ihr gewesen war und sie nun erfahren hatte, wie er sich um seine Mutter kümmerte, fühlte sie sich noch mehr zu ihm hingezogen. Sie nahm all ihren Mut zusammen und schlenderte zu Noah hinüber. Als sie seinen Tisch erreicht hatte, blieb sie daneben stehen. Er schien ihr Kommen nicht bemerkt zu haben. Ihr Nervenkostüm lag blank.

„Noah?"

Sein Kopf schnellte hoch und sein Blick blieb an ihr hängen. Das war so unmerklich, dass sie es nicht mit Sicherheit sagen konnte, aber sie hatte den Eindruck, dass seine Haut leicht errötete. Bevor er sprach, hielt er einen Augenblick lang schweigend ihren Blick fest. „Hey, du. Ich habe gar nicht gewusst, dass du hier zum Mittagessen vorbeikommen würdest. Setz dich doch", bat er und wies auf den Stuhl ihm gegenüber.

Sie ließ sich auf den Stuhl gleiten und hielt ihre Tasse Kaffee in den Händen, die ihr Wärme schenkte. „Ich habe auch nicht gewusst, dass ich hier zum Mittagessen vorbeikommen würde. Aber der Kaffee in Jakes Büro ist scheußlich, also habe ich es für besser befunden, hierher zu kommen."

Da zogen sich Noahs Mundwinkel nach oben. Sein dunkles Haar war vergleichsweise lang. Lily erinnerte sich daran, als sie ihn das letzte Mal gesehen hatte, mit typischem Militärschnitt. Seine schwarzen Locken verstärkten seinen Sexappeal jedoch nur noch mehr. Seine bernsteinfarbenen Augen beobachteten sie unentwegt. Ihr Puls schlug wie wild. Müßig strich er über den Rand seiner Kaffeetasse, und sie war wie gebannt von seinen Händen. Sie musste sich zwingen, ihn nicht anzustarren. Die Hände eines Mannes zogen sie stets in ihren Bann. Nicht, dass sie jemals die Gelegenheit gehabt hätte, jemanden auszuschließen, aber Hände wären für sie ein entscheidender Faktor. Noahs Hände waren kräftig und maskulin, mit dem einen oder anderen Kratzer oder Riss − sie waren richtiggehend verführerisch. Eine verblasste Narbe verlief in einem gezackten Pfad über seinen Handrücken.

„Wie ist dein Vormittag verlaufen?", fragte Noah.

„Viel zu tun. Ich habe durchgehend gearbeitet, seit du mich abgesetzt hast. Wann immer du zurückfahren möchtest, ist mir recht."

Noah sah auf seine Uhr und dann wieder zu ihr.

„Ich habe noch einen Termin und dann hole ich deinen Reifen ab. Ich habe ihn heute Morgen in der Werkstatt von einem Freund abgegeben." Einen Augenblick lang dachte sie, er würde noch etwas sagen, aber das tat er nicht. Ein kurzes Aufflackern von Traurigkeit war in seinen Augen zu sehen. Sie musste sich fragen, wohin er noch musste. Nach dem, was Roxanne ihr über die Krebserkrankung seiner Mutter erzählt hatte, fragte sie sich, wie es ihm wohl damit ging.

„Also gut. Sobald Roxanne unsere Sandwiches fertig hat, laufe ich zurück zu Jakes Büro. Hol mich doch dort ab, wenn du so weit bist."

Noah wollte noch etwas sagen, da wurde sein Blick von etwas hinter ihr abgelenkt. Er hielt einen Finger hoch, sagte aber kein Wort. Lily drehte sich in ihrem Stuhl um und folgte seinem Blick. Zwei Männer saßen in der Ecke. Beide waren Shifter, Derek Miller und Kirk Hogan. Lily kannte die beiden nur flüchtig. Obwohl sie nichts sagten, war die Spannung zwischen den beiden deutlich zu spüren. Kirk lehnte sich vor und deutete mit dem Finger auf Dereks Gesicht. Dieser lümmelte in seinem Stuhl. Lily wusste, dass seine entspannte Körperhaltung bloß den Anschein erwecken sollte. Genau wie die Wildkatzen, von denen sie abstammten, verfügten Shifter über wahnsinnig schnelle Reflexe. Dereks Miene war angespannt. Da warf Lily einen Blick in Noahs Richtung. Seine Augen waren auf Derek und Kirk gerichtet.

Plötzlich kippte Kirk den Tisch ruckartig in Richtung Derek. Noah verschwand so schnell und leise, dass sie kaum mitbekam, wie er sich durch den Raum bewegte. Da sprang Derek von seinem Stuhl auf. Gerade als Kirk ausholte, um Derek eine zu verpassen, fing Noah seinen Unterarm in der Luft ab und hielt ihn fest. Dabei schien er sich kaum anzustrengen.

„Halt dich da raus!" Kirk spuckte seine Worte förmlich aus.

Doch Noah schüttelte lediglich den Kopf und hielt Kirks Arm weiterhin eisern fest. Derek warf Noah einen Blick zu, seine Augenbrauen zogen sich zusammen, aber er schwieg. Da setzte sich Kirk gegen Noah zur Wehr, bevor er schließlich aufgab und seinen Arm sinken ließ. Noah ließ ihn langsam los, behielt Kirk aber fest im Blick. Lily sah sich in der Kneipe um. Alle Augen waren auf die Szene gerichtet. Die Stille unter den Männern war beunruhigend.

Derek trat einen Schritt vor und nickte Noah zu. „Danke, Mann."

Kirk starrte Derek grimmig an. „Fick dich." Dann schnappte er sich seine Jacke von der Lehne seines Stuhls und stürmte hinaus. Mit der Schulter stieß er gegen die Ecke einer Vitrine in einem der Gänge, warf einen Kartenständer um und hinterließ ein riesiges Durcheinander. Doch er hielt nicht inne. Lily sah sich im Raum um, bevor sie sich beeilte, die Karten aufzuheben.

Da ertönte Roxannes Stimme durch den Laden. „Das Theater ist jetzt vorbei. Wir sollten uns alle wieder um unsere eigenen Angelegenheiten kümmern."

Als Lily sich hinkniete und die Karten in ihren Händen sortieren wollte, kam Roxanne herüber, um ihr zu helfen. „Das musst du nicht tun, Lily. Ich mach das schon."

Lily begegnete Roxannes Blick. „Das macht mir nichts aus. Du hast schließlich schon genug zu tun. Was glaubst du denn, was das sollte?" Sie sprach mit leiser Stimme.

Das Stimmengemurmel rund um sie herum gab ihnen die Möglichkeit, sich zu unterhalten. Lily wusste, dass im ganzen Lokal wildeste Mutmaßungen im Umlauf waren. Bei allem, was in letzter Zeit in Catamount passiert war, hätte der Streit, den sie gerade miterlebt hatten, so belanglos sein können wie eine Meinungsverschiedenheit über eine Rechnung, aber jeder ging davon aus, dass es etwas mit dem Drogenschmuggelskandal zu tun hatte, den Callen der Stadt eingebrockt hatte.

Roxanne zuckte mit den Schultern. „Ich schätze, dass Kirk in den ganzen Schlamassel verwickelt ist. Normalerweise führt er nichts Gutes im Schilde. Er und Derek waren mal Kumpels, aber in letzter Zeit läuft es nicht mehr so gut. Ich bin froh, dass Noah da war. Er steht zwar nicht gerne im Mittelpunkt, aber er sieht auch nicht tatenlos zu, wenn irgendwas schief-läuft. Ich hatte schon Angst, dass einer der beiden sich wandeln würde. Vielleicht nicht mit Absicht, sondern einfach nur aus Wut. Aber zum Glück ist das nicht passiert. Ich weiß nicht einmal, wie wir dieses Gerücht überhaupt aus der Welt schaffen sollten.“

Roxanne war eine gute Freundin, die nicht viel tratschte, obwohl sie wahrscheinlich so ziemlich alles über jeden in der Stadt wusste. Sie war selbst eine Shif-terin aus einer der Gründerfamilien von Catamount. Ihr Großvater hatte den Laden nach ihr benannt, als sie noch ein Baby gewesen war. Da der Laden zu den beliebtesten Treffpunkten der Stadt gehörte, gab es hier mehr Klatsch und Tratsch als irgendwo sonst. Lily hatte im Laufe der Jahre gelernt, dass Roxannes entwaffnende Art Leute dazu brachte, ihr alles Mögliche zu erzählen. Sie meldete sich jedoch nur dann zu Wort, wenn es wirklich von Bedeutung war.

Lily ordnete den Stapel Briefumschläge, den sie

gesammelt hatte, und begann, sie in den Kartenständer zurückzustellen. „Was meinst du damit, dass Kirk nichts Gutes im Schilde führt?"

Roxanne warf einen Blick über ihre Schulter, bevor sie sich wieder umdrehte und Lily einen weiteren Stapel Karten gab. „Er feiert gerne, aber arbeitet nicht ganz so gerne. Er und Derek waren zusammen auf der Highschool, ein paar Jahre vor uns. Du weißt doch, dass Dereks Familie den alten Steinbruch außerhalb der Stadt betreibt?" Als Lily nickte, fuhr Roxanne fort. „Vor ein paar Jahren hat er Kirk einen Job angeboten. Am Ende hat er ihn feuern müssen. Kirk sucht das schnelle Geld, aber er möchte nicht dafür arbeiten. Die Arbeit im Steinbruch ist hingegen hart. Man kann sagen, dass das so ziemlich das Ende ihrer Freundschaft bedeutet hat. Als die beiden noch zusammengearbeitet haben, sind sie oft hierher zum Mittagessen gekommen. Heute ist das erste Mal seit Jahren, dass ich sie zusammen sehe. Mein Unglücksradar kribbelt ganz schön stark."

Während Roxanne die Karten zusammensammelte, brachte Lily das Regal wieder in Ordnung und stand schließlich auf, um ihre Jeans abzuklopfen. Noah stand neben Derek und unterhielt sich leise mit ihm. Als sie in seine Richtung schaute, begegneten sich ihre Blicke sofort. Mit einem kurzen Nicken zu Derek durchquerte Noah den Raum, seine bernsteinfarbenen Augen waren auf sie gerichtet. Ihr Puls beschleunigte sich und in ihrem Bauch begann es zu kribbeln. Vergeblich versuchte sie, ihre Nerven zu beruhigen, indem sie tief Luft holte. *Du machst dich bloß zum Gespött der Leute. Verhalte dich normal.* Das Problem war, dass Noah die denkbar ungünstigste Wirkung auf sie ausübte. Er war viel zu attraktiv für ihre Sinne und nicht gerade jemand, der sie jemals wahrnehmen würde. Seine ungezwungene Aufmerksamkeit, die nur darauf zurückzuführen war, dass er so nett gewesen war, anzuhalten, als sie Hilfe gebraucht hatte, ließ ihren Körper durchdrehen.

Schließlich kam er neben ihr zum Stehen. Roxanne ergriff sofort das Wort. „Zum Glück warst du hier! Ich weiß ja nicht, was Kirk vorgehabt hat, aber die mögliche Katastrophe ist erfolgreich gebannt. Du bist echt ein Teufelskerl." Roxanne gluckste, als sie ihm auf den Arm tippte. Dann sah sie zu Lily. „Du weißt aber schon, dass Noah bei den Marines bei den Special Forces war, oder?"

Lily nickte, aber ihr fiel nichts ein, was sie darauf antworten sollte. Natürlich musste Noah einfach ein verdammt großer, dunkler, gutaussehender, unglaublich attraktiver und knallharter Militärshifter sein. Genau die Art von Mann, die sie nie auch nur in Erwägung ziehen konnte. Da sie normalerweise unter dem Radar aller Männer hindurchflog, warum spielte ihr Körper bei einem Mann, der jede Frau haben konnte, die er wollte, dann so verrückt? Sie versuchte, ihren Puls zu beruhigen, aber der ließ sich davon nicht beirren und galoppierte weiter davon. Sie spürte, wie die Röte sich auf ihrem Hals ausbreitete.

Roxanne hatte sich abgewandt, um einen Kunden zu bedienen. Als sie sich wieder umdrehte, sah sie Noah mit ernstem Blick an. „Hast du eine Ahnung, worum es da gegangen ist?"

Noah zuckte mit den Schultern. „Ich bin mir nicht ganz sicher. Derek erzählt nicht viel, aber er hat gesagt, dass Kirk sauer ist, weil er ihm keinen Zugang zum Steinbruch gewährt."

„Warum sollte er den wollen?", fragte Lily.

Noah zuckte mit den Schultern. „Genau das habe

ich Derek auch gefragt. Aber falls er etwas weiß, möchte er nicht darüber reden."

Roxanne verdrehte die Augen. „Nun, das ist ja nicht besonders hilfreich." Dann hielt sie inne und warf einen Blick auf den Tresen, wo ein Kunde wartete. „Ich muss dann mal. Eure Sandwiches und Jakes Kaffee stehen bereit." Mit diesen Worten eilte sie davon.

Lily sah zu Noah auf und zwang sich, nicht wieder rot zu werden. An einem Tag in seiner Nähe war sie so oft rot geworden wie seit Jahren nicht mehr. „Ich schätze, wir sehen uns, sobald du mit deinem Termin fertig bist."

Er schaute auf seine Uhr. „Verdammt, ich bin schon spät dran. Bis später." Rasch wandte er sich um und bahnte sich einen Weg zur Tür. Lily schnappte sich die Sandwiches und den Kaffee und kehrte zurück in Jakes Büro.

KAPITEL DREI

Ein paar Stunden später lehnte sich Lily in ihrem Stuhl zurück und streckte sich. Jakes Augen klebten an seinem Computerbildschirm. Er hatte seine Arbeit vorhin aufgegeben, um sich mit Kirk Hogan zu befassen. Nachdem sie ihn über die Ereignisse bei Roxanne auf dem Laufenden gehalten und ihm erzählt hatte, was Roxanne über Kirk berichtet hatte, befand er sich wieder voll im Detektivmodus. Als sie aufstand und anfing, die Überreste seines Mittagessens aufzuräumen, sah er auf.

„Sieht ganz so aus, als wäre Kirk ein weiteres Glied in der Kette. Ich weiß ja nicht, warum er Zugang zu Dereks Steinbruch haben möchte, aber genau wie Callen hat auch er mehrere E-Mail-Pseudonyme. Ich habe versucht, das Ganze nachzuvollziehen, aber es ist ziemlich mühsam, alle losen Enden zu verfolgen. Sieht ganz so aus, als hätten beide in Verbindung mit einem der Kerle in Montana gestanden. Ich melde mich bei unserem Kontaktmann dort, mal sehen, was er mir sagen kann."

Lily schnürte es die Brust zu. Sie wollte, dass die

Sache endlich ein Ende finden würde. Die Auswirkungen von Callens ruchlosen Aktivitäten wurden ständig an die Küsten von Catamount gespült. Sie hasste es, jedem gegenüber misstrauisch zu sein und konnte die Angst nicht ausstehen, die in ihr aufstieg. In Catamount wurde nicht viel darüber gesprochen, da es den Shiftern in den letzten Jahrzehnten weitestgehend gelungen war, nicht mehr aufzufallen, aber in früheren Jahrhunderten waren Shifter regelrecht gejagt und bisweilen auch umgebracht worden. Die Legende spielte ihnen in die Hände, da es für die Menschen kaum vorstellbar war, dass Shifter unter ihnen lebten. Die Anziehungskraft der Berglöwen und ihr heimliches Dasein im Osten kam den Shiftern durchaus gelegen. Wenn sie tief in den Wäldern in Gestalt von Berglöwen gesehen wurden, bot das allen, die sie sahen, eine tolle Story. Obwohl die Berglöwen im Osten für ausgestorben erklärt worden waren, hielten viele Leute an dem Glauben fest, dass sie immer noch heimlich überlebt hatten. In gewisser Weise stimmte das ja auch. Nur gingen die meisten Leute nicht davon aus, dass es sich dabei um Berglöwen handelte, die sich nach Belieben in menschliche Gestalt verwandeln konnten und wieder zurück.

Die dunkle Seite der Shifterwelt war aufgedeckt worden, als bekannt geworden war, dass Callen versucht hatte, ihre Dienste als Schmuggler zu verkaufen. Wer wäre wohl besser geeignet, Drogen zu schmuggeln, als ein Berglöwe? Diese Tiere bewegten sich schnell und leise und wurden um jeden Preis gemieden, selbst in Gebieten, in denen sie im Westen weit verbreitet waren. In Catamount ging die Befürchtung um, dass Callen die Stadt falschen Shiftern ausgeliefert hatte und nun mussten sie versuchen, die anderen Beteiligten ausfindig zu machen. Seufzend blickte Lily zu Jake.

„Ich nehme an, das sind gute Nachrichten? Vielleicht eine weitere Spur, die euch weiterbringt?"

Jake nickte und wollte gerade etwas sagen, als es kurz klopfte. Er blickte auf und musterte sie fragend.

Lily trat zur Tür und sah dort Noah warten. Sein bernsteinfarbener Blick traf sie und ließ ihren Puls wieder in die Höhe schnellen. In ihrem Bauch krampfte sich alles zusammen, und ihr Atem wurde flach. Nach einem langen Augenblick wurde ihr klar, dass sie ihn angestarrt hatte. „Du hättest nicht klopfen brauchen", stieß sie hervor und versuchte, wieder die Kontrolle über ihren Körper zu erlangen.

Noah zuckte mit den Schultern. „Ich war mir nicht sicher. Können wir?"

Sie nickte und trat einen Schritt von der Tür zurück. „Lass mich nur noch meine Stiefel und meinen Mantel anziehen."

Noah an der Tür zögerte.

„Komm doch rein, Noah", rief Jake.

Noah trat den Schnee von seinen Stiefeln und kam in Jakes kleines Büro. Dann schloss er die Tür und lehnte sich dagegen. Sein Blick war leicht misstrauisch, was sie wurmte. Vielleicht musste sie Noah ja nicht verteidigen, aber sie empfand dennoch ein seltsames Schutzbedürfnis ihm gegenüber. Es behagte ihr nicht, dass er sich Sorgen machen musste, dass die Shifter ihn mit seinem Onkel in einen Topf werfen würden.

Jake drehte sich in seinem Stuhl und sah Noah an. Er schien über seine Worte nachzudenken. „Lily hat mir erzählt, dass du dich heute bei Roxanne als große Hilfe erwiesen hast."

Noah zuckte mit den Schultern. „Ich bin nur

dazwischengegangen. Den Aufruhr hätte niemand gebrauchen können."

Jake nickte langsam, nahm einen Stift in die Hand und drehte ihn in seinen Fingern. „Ich bin sicher, Roxanne weiß das zu schätzen."

Wieder zuckte Noah mit den Schultern.

Jake zog eine Augenbraue hoch. „Danke, dass du Lily heute geholfen hast."

„Kein Problem. In ihrem Ersatzreifen befindet sich nun ausreichend Luft, und der Plattfuß ist repariert. Ich ziehe den normalen Reifen wieder auf, sobald ich sie abgesetzt habe."

Lily zog ihre Jacke an und schnürte ihre Stiefel zu. „Alles klar, von mir aus kann's losgehen." Dann warf sie einen Blick auf Jake. „Wenn du noch weitere Unterstützung brauchst, kann ich mir nächste Woche etwas Zeit nehmen. Ich bin die nächsten paar Tage mit einem Projekt ausgelastet."

Jake nickte. „Danke, dass du heute ausgeholfen hast. Und Phoebe hat gesagt, dass du sie anrufen sollst. Sie möchte einen Mädelsabend veranstalten."

„Ich rufe sie später an." Anschließend hauchte sie Jake einen Kuss auf die Wange und begab sich zur Tür. Noah trat zur Seite und hielt ihr die Tür auf. Als sie an ihm vorbeiging, konnte sie die Wärme seines Körpers spüren. Diese schickte wahre Stromstöße durch ihre Adern. Im Handumdrehen war sie wieder ganz aus dem Häuschen ... *Ernsthaft? Du bist ja heute total durch den Wind. Noah steht einfach nur da und du bist total gaga.* Sie zwang ihren Körper, sich zu beruhigen, aber der Gedanke daran schien alles nur noch schlimmer zu machen. Als sie dann in Noahs Truck saß, waren ihre Nerven völlig am Ende. *Siehst du, deshalb bist du noch Jungfrau. Du bist so ungeschickt, was den Umgang mit anderen angeht, dass du es nicht über einen Kuss hinaus-*

schaffst. Und sobald jemand so heiß ist wie Noah, der dich in Flammen aufgehen lässt, ist mit dir ohnehin nichts mehr anzufangen.

Lily hielt ihre Hände in den Luftstrom der Heizung und versuchte, sich aufzuwärmen. Die Temperatur schien an diesem Tag überhaupt nicht angestiegen zu sein. Das Thermometer vor ihrem Küchenfenster hatte heute Morgen minus siebzehn Grad angezeigt. Wenn die Temperatur auch nur ein paar Grad gestiegen wäre, hätte sie sich sehr gewundert.

Noah stieg in den Truck und ohne ein Wort zu sagen, fuhr er los. Die Stille erhöhte ihre Anspannung ins Unermessliche. Ihr Puls raste weiter, während sie versuchte, ihre Nerven zu beruhigen. *Er fährt dich zu deinem Auto. Mehr nicht. Warum bist du dann so durch den Wind? Klar, er ist heiß, aber was soll's. Atme tief durch und reiß dich am Riemen.*

Noahs Stimme unterbrach ihre innere Unterhaltung. „Nennen dich eigentlich alle Lily?"

„Ich habe noch nicht wirklich darüber nachgedacht, aber ich schätze, es sind hauptsächlich Familie und Freunde."

Noahs einzige Antwort war ein Nicken.

Lily überlegte, was sie als Nächstes sagen sollte, und ihre Worte überraschten sie schließlich. „Roxanne hat mir erzählt, dass deine Mutter krank ist. Tut mir echt leid, das zu hören. Ich hoffe, es geht ihr so weit gut."

Er hielt an der Ampel an und blickte mit düsteren Augen in ihre Richtung. „Danke. Ich habe sie heute bei einem ihrer Chemotermine getroffen." Dann holte er tief Luft und wandte den Blick ab, als die Ampel umschaltete. „Meine Mom ist ziemlich verschlossen, sie tut so, als würde es ihr gut gehen, dabei ist sie ziemlich krank. Deshalb bin ich auch wieder hergezogen."

Lily dachte darüber nach, was er wohl gerade durchmachen musste. Obwohl sie sein Leben bloß in groben Zügen kannte, zog niemand nach Hause, um sich um seine kranke Mutter zu kümmern, wenn sie ihm nicht viel bedeuten würde. Ihr wurde ganz flau im Magen. „Ich wette, sie weiß es sehr zu schätzen, dass du hier bist. Es ist sicher schwer mitansehen zu müssen, was sie alles durchmachen muss."

Er schwieg einen weiteren langen Augenblick, bevor er antwortete. „Sie bedeutet mir unglaublich viel. Da war es klar, dass ich nach Hause kommen würde."

Plötzlich huschte ein Reh vor ihnen über die Straße. Noah bremste abrupt und streckte seinen Arm aus, um sie zu stützen, als sie durch den Ruck des Fahrzeugs nach vorne geschleudert wurde. Seine Berührung war warm und ließ Funken durch sie wirbeln. Es war, als ob sie einen Schmetterling verschluckt hätte und ihr Bauch sich überschlug. Sofort lehnte sie sich zurück und versuchte, ihren Körper wieder in den Griff zu bekommen. Sein Arm löste sich von ihr.

Das Reh hielt am Straßenrand inne, seine geschmeidige Gestalt wirkte geradezu anmutig. Es hob den Kopf und schnupperte an der Luft, bevor es vorsichtig zwischen den Bäumen hindurchschlüpfte. Nach ein paar vorsichtigen Schritten sprang es vorwärts und verschwand im verschneiten Wald. Lily versuchte, ihre Gedanken von Noah abzulenken, aber der Raum in seinem Truck fühlte sich geradezu winzig an. Eine elektrische Ladung summte durch ihren Körper. Augenblicke später hielt er am Straßenrand an, wo ihr Auto wartete. Als er sich ihr zuwandte, glühte in seinen Augen ein Hauch von Hitze. Zumindest bildete sie sich das ein. *Als ob. Kapier's endlich. Das bildest du dir doch nur ein, weil dein Körper völlig ausgerastet ist. Niemals IM LEBEN ist Noah scharf auf dich.*

Sie holte tief Luft und zwang ihren Körper, sich zu beruhigen. Dann blickte sie auf das Armaturenbrett und wartete.

„Lily?" Noahs Stimme schlug Funken auf dem Zunder ihrer Begierde, leise, angespannt und warm zugleich. Ihr Puls, der ohnehin schon verrückt gespielt hatte, schoss in die Höhe.

Sie wagte es, in seine Richtung zu schauen und stellte fest, dass seine Augen auf sie gerichtet waren, als ob er auf sie gewartet hätte. Ein heißer Schauer durchlief sie. Seine Augen streichelten sie, bevor er sich ihr zuwandte. Ihr Herz schlug so heftig, dass sie glaubte, er könnte es hören. Da räusperte er sich, aber seine bernsteinfarbenen Augen ließen sie nicht los. „Ich hoffe, es macht dir nichts aus ..." Seine Worte verstummten, als er sich nach vorne beugte und ihr eine Haarsträhne hinters Ohr strich. Dort, wo er sie berührte, kribbelte ihre Haut. Sie war wie erstarrt, ihr ganzer Körper pulsierte vor Verlangen. Heißes, flüssiges Begehren durchflutete sie. Unruhig schob sie ihre Beine hin und her und versuchte, die feuchte Hitze in ihrer Mitte zu kontrollieren. Diese unmerkliche Bewegung machte das Ganze aber nur noch schlimmer.

In diesem angespannten Augenblick schien ihr, dass seine Augen eine Frage enthielten. Offenbar haben ihre eigenen die Antwort gegeben, da er sich nun entschlossen bewegte, seine Hand durch ihr Haar gleiten ließ, ihren Hinterkopf umfasste und seinen Mund zu ihrem führte. Die schwelende Hitze in ihr entlud sich in einem Feuer, als sie seine Lippen auf ihren spürte. Wenn sie so darüber nachdachte, fiel es ihr schwer, sich an das letzte Mal zu erinnern, als sie geküsst worden war. Aber dieser Kuss von Noah war anders als alle Küsse, die sie je erlebt hatte. Er küsste sie, als hätte er alle Zeit der Welt, als wäre ihr Mund das Zentrum des Universums. Was mit einer sanften Erkundung begonnen hatte, verwandelte sich in eine heiße Explosion, als sie keuchte und seine Zunge in sie eindrang.

Lily ließ sich von den Gefühlen mitreißen. Der Kuss ging weiter und weiter. Sie hatte völlig vergessen, wo sie waren, und auch ihre anstrengenden und zermürbenden Ängste vor Männern und wollte ihm unbedingt näherkommen. Das Verlangen, das schon früh an diesem kalten Wintermorgen in ihr aufgekeimt war, hatte sich zu einer lodernden Flamme entwickelt. Die Hand, die ihren Hinterkopf umfasste, fuhr durch ihr Haar und wanderte ihren Hals hinunter, seine Lippen folgten ihr. Seine Berührung jagte ihr Schauer über den Rücken, ihre Haut erbebte. Ihr Atem ging rasend schnell und sie konnte an nichts anderes mehr denken als an das Gefühl, wie seine Hand über ihre Brust glitt und dort verweilte. Schließlich landete sie in dem winzigen Raum auf den Knien, schob ihre Hände unter sein Hemd und schnappte nach Luft, als sie seine steinharten Muskeln unter ihren Händen spürte.

Noah zog sich zurück, seine Augen waren glühend heiß auf sie gerichtet. Wenn ein Blick sie hätte verbrennen können, wäre es der seine gewesen. Er strich mit seinem Daumen über ihre Lippen. Ohne den Augenkontakt zu unterbrechen, fuhr sein Daumen ihren Hals entlang und hielt am Pulsschlag inne, bevor er dem Saum ihres Shirts folgte, das leicht nach unten rutschte und den Ansatz ihrer Brüste freigab. Die Hitze seines elektrisierenden Blicks auf sie gerichtet, fuhr er mit dem Daumen über den Rand des Stoffes und zog ihn nach unten. Die Baumwolle gab leicht nach und plötzlich lagen ihre Brüste frei. Einer der Luxusartikel, die sie sich gönnte, waren Dessous. Sie konnte nicht genau sagen, warum sie Dessous so liebte, aber so war es, und es war ihr verdammt egal, dass sie normalerweise die Einzige war, die sie zu schätzen wusste. Heute trug sie einen hauchdünnen, blauen Spitzen-BH. Ihre Brustwarzen waren prall und zeichneten sich durch die Spitze ab.

Noahs raues Stöhnen jagte ihr einen Schauer über den Rücken. Seine Augen lösten sich von ihren. Sie sah nach unten und beobachtete, wie seine Hände ihre Brüste umfassten. Er streichelte ihre Brustwarzen durch die Spitze, und sie stöhnte auf. Ihre Brüste waren angespannt und schmerzten. Es machte sie wild, ihm dabei zuzusehen, wie er sie berührte. Eine glühende Hitze stieg zwischen ihren Beinen auf und das Verlangen pulsierte in ihr. Sie wurde unruhig und verlangte verzweifelt nach mehr. Sämtliche Gedanken waren von ihr abgefallen, und so rutschte sie auf seinen Schoß und setzte sich in der Enge des Raumes rittlings auf ihn. Er kniff in ihre Brustwarzen und zog sie sanft an sich, bevor er seine Lippen auf eine der Spitzen legte und der feuchte Sog seines Mundes sie in den Wahnsinn trieb. Die Hitze seines Schafts drückte gegen sie. Sie rutschte hin und her und schrie fast auf bei den köstlichen Stößen der Lust.

Nachdem er den Spitzenbesatz ihres BHs durchfeuchtet hatte, fuhr er mit dem Daumen über den winzigen Verschluss. Ihre Brüste sprangen hervor. Sie keuchte auf, als sie seinen Mund auf sich spürte und nichts zwischen ihrer Haut und seiner glühenden Berührung lag. Er widmete ihren Brustwarzen die gleiche Aufmerksamkeit wie ihren Lippen – er küsste, leckte, saugte und liebkoste sie, bis sie fast nicht mehr konnte. Dann zog er sich zurück, obwohl es nur Zentimeter waren, und hielt inne. Sein Herz klopfte unter ihrer Hand, sein Atem war genauso rasend wie der ihre. Als sie ihm in die Augen sah, blickte er sie mit einem Blick an, der an Schmerz grenzte.

Das Bedürfnis pulsierte in ihr und schlug im Einklang mit der Trommel ihres Herzens. Seine bernsteinfarbenen Augen sahen sie an. Dabei hoben und senkten sich seine Schultern mit einem tiefen Atemzug. „Ich finde, wir sollten das nicht überstürzen", stieß er hervor.

Seine Worte durchbrachen den Nebel in ihrem Kopf. Als sie wieder einen klaren Gedanken fassen konnte, wurde ihr bewusst, dass sie rittlings auf ihm saß und ihre Hüften unermüdlich gegen seine steinharte Länge glitten. Ihre Brüste waren entblößt und ihre Brustwarzen funkelten von seiner Aufmerksamkeit. Sie war zu einer Frau geworden, die sie nicht wiedererkannte – willenlos und fast verzweifelt. Sie errötete von Kopf bis Fuß und wusste, dass ihr Gesicht in Flammen stehen musste.

„Oh …" Das einzige Wort, das sie zustande brachte. *Du klingst wie eine Idiotin. Nun, du hast dich gerade eindeutig wie eine aufgeführt. Da stehst du am Straßenrand und wirfst dich ihm geradezu an den Hals.* Wie aufs Stichwort raste ein Auto an ihnen vorbei. Zum Glück waren die Scheiben beschlagen.

Lily holte tief Luft und begann, sich zur Seite zu winden. Noahs Hände umklammerten ihre Hüften, sein Griff war fest. „Nicht."

Sie zwang sich, ihn anzusehen, auch wenn sie das all ihren Mut kostete, weil sie die Kontrolle über sich verloren hatte und halb nackt war. „Ich bin mir sicher, dass du das nicht gewollt hast. Ich war …"

Er schüttelte heftig den Kopf. „Wovon redest du?"

Sie war sich nicht sicher, ob sie noch stärker erröten könnte, aber das war wohl der Fall gewesen, denn sie stand in Flammen, aber diesmal hatte das Ganze nichts mit Begierde zu tun, sondern mit blanker Verlegenheit. „Du hast doch gesagt, dass wir das nicht überstürzen ..."

„Aber genau das habe ich doch gemeint. Wenn du meinst, dass ich dich nicht küssen wollte, irrst du dich. Aber wenn wir das hier nicht langsamer angehen, kann ich gar nicht mehr aufhören."

Vielleicht hätten seine Worte sie zum Innehalten bringen sollen, aber sie wollte einfach nicht aufhören. Wie um seinen Standpunkt zu verdeutlichen, wölbte er seine Hüften gegen ihre und versetzte ihr einen heftigen Freudenschauer, als der Druck seiner Länge ihre Perle streifte. Zwischen ihnen befanden sich zwei Lagen Kleidung – seine und ihre – und sie war so kurz davor, dass sie wahrscheinlich innerhalb von Sekunden zum Orgasmus kommen könnte, wenn er so weitermachte. Vernünftigerweise tat er das nicht.

Er räusperte sich. „Ich weiß, dass ich dich schon seit unserer Kindheit kenne, aber ich kenne dich nicht wirklich. Ich möchte nicht, dass du mich für einen Penner hältst, der nur auf eine schnelle Nummer aus ist. Ich würde dich gerne richtig kennenlernen." Er räusperte sich. „Wenn ich ehrlich bin, habe ich heute an nichts anderes denken können, als wie es sich anfühlen würde, dich zu berühren." Seine Stimme klang rau, in seinen Augen lag ein Hauch von Unsicherheit, aber er sah nicht weg.

Ihr Herz pochte, sie konnte seine Worte kaum glauben. Sie bewegte sich nicht, während sie versuchte, seine Worte zu verarbeiten. Dann wandte sie den Blick ab und versuchte, sich zu sammeln. Als sie ihn wieder ansah, war sein Blick wachsam geworden.

Er zuckte mit den Schultern. „Ich versteh' schon." Dann begann er, sie von sich herunterzuheben.

„Nein! Das verstehst du völlig falsch. Ich habe doch nur überlegt, was ich jetzt am besten sagen soll." Kaum in der Lage, genug Luft zu bekommen, sprudelten ihre Worte nur so aus ihr heraus. „Ich habe nicht viel Erfahrung mit solchen Dingen. Ich möchte nicht wie eine totale Niete rüberkommen, aber ich bin ziemlich angespannt. Ich kann nicht gar nicht fassen, dass du mich auf diese Weise magst, aber es wäre echt klasse, wenn wir ..." Sie hielt inne und zuckte mit den Schultern. „Ich weiß nicht, uns gegenseitig kennenlernen."

Sein Griff um ihre Hüften lockerte sich leicht und sein vorsichtiger Blick fiel von seinen Augen. Die Luft war geladen, als er sie mit seinem heißen, bernsteinfarbenen Blick fixierte. Wie um sich zu beruhigen, holte er tief Luft. Seine Augen glitten hinunter zu ihren Brüsten – und es fühlte sich an, als ob er sie berührte. Als er wieder aufblickte, lächelte er, fast bedauernd. „Wie wäre es, wenn ich den Reifen wechsle, bevor ich noch ganz vergesse, ein halbwegs anständiger Kerl zu sein?"

Ein Kichern entwich ihr, als sie nickte. „Klar. Gute Idee." Sie merkte schnell, dass es eine körperliche und seelische Herausforderung war, sich in dem winzigen Raum mit nackten Brüsten und kaum gebändigtem Verlangen von ihm zu lösen. Als sie sich endlich von ihm losgerissen hatte, war ihr Atem flach und ihr Puls außer Kontrolle. Sie warf einen Blick zu ihm hinüber, und er sah aus, als hätte er starke Schmerzen gehabt.

„Alles in Ordnung?" Ihre Frage erfolgte eher automatisch als alles andere, ein Reflex als Reaktion auf seinen Gesichtsausdruck.

Er schielte zu ihr hinüber und gluckste. „Du scheinst überhaupt nicht zu wissen, was du mir antust." Seine Stimme war rau und wild.

Es war ihr so fremd, einen Mann so über sie reden zu hören, dass Lily nicht wusste, wie sie darauf reagieren sollte. Die Tatsache, dass es Noah war – der attraktive, zurückhaltende Noah, von dem sie jetzt wusste, dass er ein gutes Herz hatte und sich um seine kranke Mutter kümmerte – ließ sie unweigerlich erröten.

Noah schüttelte den Kopf, während er sein Hemd zurechtzog. „Hat dir eigentlich schon mal jemand gesagt, wie verdammt scharf du bist, wenn du rot wirst?"

Wie aufs Stichwort wurde ihr Gesicht noch heißer. Sie schaffte es gerade noch, ihren Kopf zu schütteln. Er schmunzelte nur über ihre Antwort und stieg aus dem Wagen.

KAPITEL VIER

Noah sah Lily hinterher, als sie wegfuhr. Lily. Dieser Name passte zu ihr. Er unterdrückte den Drang, ihr hinterherzurennen. Am liebsten wäre er ihr überallhin gefolgt und hätte sich mehr als diesen kurzen Vorgeschmack von ihr geholt. Irgendwann, als er sie zu ihrem Auto zurückgefahren hatte, hatte sein Gehirn komplett den Geist aufgegeben. Sobald er ihre üppigen Kurven an seinem Arm gespürt hatte, als er wegen des Rehs anhalten musste, hatte sein Körper einfach die Kontrolle übernommen. Selbst jetzt, nachdem er sich auf die eisige Straße gekniet hatte, um ihren Reifen zu wechseln, war sein Körper kaum zu bändigen gewesen. Sein Schwanz war so hart gewesen, dass es kaum zu ertragen war, zu sitzen. Noch niemals hatte er die Kontrolle verloren, so wie ihm das bei ihr fast widerfahren war. Irgendwie hatte ihm sein Gewissen auf die Schulter geklopft und ihm gerade so viel Selbstbeherrschung verliehen, dass er es geschafft hatte, aufzuhören. Als sie auf seinem Schoß gesessen hatte, hatte er ihre feuchte Hitze durch seine Jeans hindurch an seinem Schwanz spüren können. Ihre üppigen, nahezu makellosen Brüste mit den rosigen Nippeln hatten ihn fast um den Verstand gebracht. Die Art und Weise, wie sie in seinen Armen gelegen hatte, zaghaft und kühn zugleich, ohne einen Funken Berechnung in sich, wild vor Leidenschaft – er hatte keine Ahnung, wie er es bloß fertiggebracht hatte, sich zurückzuhalten.

Er dachte an ihre Augen – diese Ungewissheit, als ob sie nicht hätte glauben können, was er da gesagt hatte – und wunderte sich. Es war schwer vorstellbar, dass sie nicht schon früher umschwärmt worden war. Er konnte zwar nicht behaupten, dass sie einander früher nahegestanden hätten, aber er wusste doch, dass sie meistens für sich geblieben war. Sie besaß zwar diese wilde, verführerische Seite, die weibliche Shifter auszeichnete, aber sie verbarg sie hinter ihrer ruhigen, bescheidenen Art. Er kurbelte das Fenster herunter und ließ die eisige Luft durch den Wagen peitschen, um das Feuer, das sie in seinem Körper entfacht hatte, wieder abzukühlen. Als er nach Hause kam, fröstelte er und hatte es tatsächlich geschafft, die Beule in seiner Hose loszuwerden.

Als er das Haus seiner Mutter betrat, fand er sie in der Küche sitzen, ihr Gesicht müde und abgemagert. Sie war schon immer eine hagere Frau gewesen und war nur noch dünner geworden, seit sie krank war. Er wusste, dass die Chemobehandlungen an ihr zehrten. Ihm krampfte sich das Herz zusammen, aber er verdrängte die Angst und den Schmerz, die in der Luft lagen. Er wollte nicht, dass sie starb, und er wollte sich mit dieser Möglichkeit auch gar nicht auseinandersetzen.

„Hey Mom. Wie geht's?"

Sie blickte von ihrer Lektüre auf und ein sanftes Lächeln huschte über ihr Gesicht. Dann zuckte sie leicht mit den Schultern. „So gut, wie man eben erwarten kann. Hast du dich um Lilys Reifen gekümmert?"

Während er mit seiner Mutter auf ihren Chemotermin gewartet hatte, hatte er ihr von seiner Begegnung mit Lily am Morgen erzählt. Ihm wurde ganz heiß, als er daran dachte, was sich außer dem Reifenwechsel noch alles ereignet hatte. „Jepp. Alles erledigt."

Seine Mutter nickte zustimmend und widmete sich wieder ihrer Lektüre. Seit er wieder zu Hause eingezogen war, um ihr zu helfen, hatte er gelernt, dass sie die Ruhe schätzte. Er fragte sie nicht danach, aber es war ein so großer Unterschied zu seinem Zuhause, als er noch ein Junge gewesen war, dass er nur vermuten konnte, dass sie die Stille genoss, die sein Vater ständig gestört hatte. Als sein Vater noch gelebt hatte, hatte entweder der Fernseher gedröhnt oder er hatte wegen irgendetwas gemeckert. Jetzt, da es über ein Jahrzehnt her war, dass Noah ausgezogen war, hatte er Zeit, über seinen Vater nachzudenken. Willis war eine ruhelose, unglückliche Seele gewesen. Noah vermutete, dass die ständige Geräuschkulisse Willis davon abgehalten hatte, zu viel nachzudenken. Willis hatte die Geheimniskrämerei um die Shifter verabscheut und war dafür bekannt gewesen, dass er sich darüber ausgelassen hatte, wie dumm das doch wäre, wo sie doch die Menschen bei Bedarf leicht überwältigen konnten.

Seine Mutter hatte nur wenig über den Hintergrund seines Vaters preisgegeben. Noah wusste, dass sie jung geheiratet hatten, als Carol mit siebzehn Jahren schwanger geworden war. Sie war keine Shifterin, stammte aber aus einer Familie, die dafür bekannt war, Shiftern gegenüber aufgeschlossen zu sein. Willis war von einem Mann großgezogen worden, der ihm sehr ähnlich war, also lag es auf der Hand, dass sich das Verhaltensmuster bei ihm wiederholte. Noah konnte nicht in Worte fassen, wie dankbar er für den Einfluss seiner Mutter auf ihn war. Der Zufall wollte es, dass er eine Mutter bekam, die ihm beigebracht hatte, dass es auch andere Möglichkeiten als überflüssige Wut gab, obwohl sie fast täglich damit zu kämpfen hatte, als sein Vater noch gelebt hatte.

Seine Mutter riss ihn aus seinen Gedanken, als sie wieder das Wort ergriff. „Ich habe gehört, dass es heute Abstimmungen mit der Polizei in Montana gibt. Eine der Krankenschwestern im Krankenhaus hat mir davon erzählt. Sie hatte zwar nur Informationen aus zweiter Hand, aber sie hat gemeint, dass sie hoffen, Theo zum Reden zu bringen." Carol seufzte und hob ihren Blick zu ihm. „Du könntest ihnen helfen, verstehst du? Mit deiner Erfahrung beim Militär ..."

„Mom, das sagst du immer wieder, aber ..."

Sie unterbrach ihn. „Aber was? Du bist ein guter Junge, das warst du schon immer. Du tust so, als würde dir wegen deines Vaters und seiner Familie niemand in Catamount trauen. Ich befürchte, du machst es bloß noch schlimmer, indem du dich zurückhältst. Für mich ist es das Größte, dass du wieder da bist. Ich hoffe, du bleibst, egal, was mit mir passiert. Ich bin zwar keine Shifterin, aber ich weiß, dass es nicht leicht ist, so zu sein wie wir, wenn man nicht gerade an einem Ort wie Catamount ist."

Er schloss die Augen und holte tief Luft. Seine Mutter hatte recht, das wusste er, aber er brauchte etwas Zeit, um sich wieder zurechtzufinden. Catamount war sein Zuhause, aber er war immer noch dabei herauszufinden, wie er den Jungen, der er bei seiner Abreise gewesen war, mit dem Mann in Einklang bringen konnte, der er nach Jahren bei den

Special Forces geworden war. Ein Teil von ihm wollte unbedingt seine Hilfe bei den Ermittlungen nach Callens Tod anbieten, aber er wollte niemandem zu nahetreten. Als er seine Augen öffnete, sah er seine Mutter, die geduldig auf eine Antwort wartete. „Vielleicht schaue ich morgen noch einmal in Jake Norths Büro vorbei."

Seine Mutter, vernünftig wie sie war, drängte ihn nicht weiter. Sie nickte nur und widmete sich wieder ihrer Lektüre. Stunden später lag Noah im Bett und ließ die hitzigen Augenblicke mit Lily nochmals Revue passieren. Er schlug die Decke beiseite und begab sich ins Bad. Doch selbst nach einer heißen Dusche und einer schnellen, völlig unzureichenden Selbstbefriedigung gelang es ihm nicht, die Lust zu unterdrücken, die ihn durchströmte, als Lily durch seine Gedanken glitt.

———

„Wenn du hoffst, die Sache mit Noah zu verheimlichen, solltest du vielleicht aufhören, am Straßenrand rumzumachen", stellte Roxanne leise fest und sah Lily dabei verschmitzt an.

Lily konnte nicht verhindern, dass ihr der Mund offen stand. Als Roxanne über ihren Gesichtsausdruck gluckste, klappte Lily ihren Mund zu und seufzte, während sich ihr Gesicht schlagartig erhitzte. „Wo hast du das denn gehört?", hakte sie nach.

Sie saßen auf der Couch in Phoebes Haus. Zufälligerweise waren sie die Einzigen im Zimmer. Phoebe und Shana waren in der Küche, und Chloe war auf die Toilette gegangen. Phoebe veranstaltete häufig Mädchenabende, bei denen sie gemeinsam zu Abend aßen, gelegentlich Karten spielten oder sich etwas im

Fernsehen anschauten, worauf sie Lust hatten. Shanas verstorbener Ehemann war Callen Peyton, der Shifter, der in Gestalt eines Berglöwen auf einem Highway ums Leben gekommen war und dabei eine ganze Kette von Geheimnissen hinterlassen hatte. Seit seinem Tod vor ein paar Monaten hatten sie keinen gemeinsamen Mädelsabend mehr gehabt. In den darauffolgenden Monaten hatte sich Chloe in Dane verliebt und sich ihrem kleinen Kreis angeschlossen. So schön es auch war, endlich zusammen zu sein, so sehr wurde jeder Augenblick von den Turbulenzen unter den Shiftern von Catamount überschattet.

Plötzlich steckte Phoebe ihren Kopf ins Wohnzimmer. „Noch Wein?"

Roxanne griff nach der Flasche auf dem Couchtisch und überprüfte ihr Gewicht. „Nein, das reicht erst mal."

Phoebe verschwand wieder in der Küche und Roxanne wandte sich wieder an Lily. „Ich habe das von niemandem gehört. Aber ich bin auf dem Heimweg an eurem Auto vorbeigefahren und habe gesehen, dass Noahs Fenster beschlagen waren. Ich konnte zwar nicht wirklich etwas sehen, aber ich bin ja nicht bescheuert."

Lily nahm einen Schluck Wein und schaffte es schließlich, Roxanne anzublicken. „Zwischen uns läuft nichts. Er ..." Sie hielt inne und ihr Gesicht glühte förmlich. *Er hat mich Dinge fühlen lassen, die ich noch nie gefühlt habe und mich so verzweifelt nach mehr verlangen lassen, dass ich nicht aufhören kann, an ihn zu denken.*

Roxannes Blick wurde sanfter. „Das war doch nur ein Scherz, verstehst du? Ich habe dir schon erklärt, dass ich Noah für einen guten Kerl halte. Und er ist auch verdammt scharf."

Lily konnte das Kichern nicht unterdrücken, das

ihr entwich. „In diesem Punkt kann ich dir nicht widersprechen. Wenn ich sage, dass da nichts ist, dann nur, weil er mich bloß geküsst hat. Ich habe keine Ahnung, was das zu bedeuten hat."

Roxanne schwenkte ihr Weinglas und beobachtete, wie der reichhaltige Rotwein darin herumwirbelte, bevor sie wieder aufblickte und nachdenklich dreinschaute. „Hat er denn etwas gesagt?"

Lily kaute auf der Innenseite ihres Mundes und zuckte mit den Schultern. „Er hat gesagt, dass er mich näher kennenlernen möchte."

Roxanne lächelte langsam. „Na, dann heißt das wohl, dass das so ist."

Lily hätte am liebsten aufgeschrien. *Das hat es also bedeutet? Ich muss mehr erfahren, um das alles zu begreifen. Was soll das bedeuten, mich kennenzulernen? Was passiert danach? Und dann ... Ach, halt doch die Klappe.* Wieder einmal wäre ein Ausschaltknopf für ihr Gehirn so hilfreich. Lily war immer noch rot und blickte auf, als Chloe aus dem Bad kam. Chloe war erst seit ein paar Monaten in Catamount, aber es schien, als würde sie hierbleiben. Dane hatte sie so schnell für sich beansprucht, dass Lily der Kopf schwirrte und sie sich fragte, warum sie noch nie so eine Wirkung auf einen Mann ausgeübt hatte. Chloe sah zwischen Lily und Roxanne hin und her und warf ihr einen neugierigen Blick zu. „Ich sehe mal nach, ob in der Küche Hilfe gebraucht wird", bot sie an, während sie an den beiden vorbei in Richtung Küche verschwand.

Lily wandte sich wieder Roxanne zu. „Du weißt schon, dass ich in Beziehungen schrecklich bin", stellte sie unverblümt fest.

Roxanne verdrehte die Augen. „Du kannst doch nicht behaupten, dass du in irgendwas schlecht bist, das du noch nie ausprobiert hast. Noah hätte nichts gesagt, wenn er es nicht ernst meinen würde. Er war noch nie dafür verschrien, dass er mit Gefühlen spielt."

Da verdrehte auch Lily die Augen. „Seit wann kennst du ihn denn so gut? Er ist doch erst seit ein paar Monaten wieder in der Stadt."

Roxanne nahm einen Schluck Wein und gluckste. „Das mag sein, aber ich kenne seine Mom. Außerdem glaube ich nicht, dass er in der Highschool jemals eine Freundin hatte. Er ist immer für sich geblieben. Seine Mutter würde sich freuen, wenn er jemandem eine echte Chance geben würde. Sie macht sich Sorgen, dass er sich zu sehr um sie kümmert. Aber ..." Roxanne hielt inne und starrte Lily förmlich an. „Du bist eine absolute Meisterin darin, Beziehungen aus dem Weg zu gehen und so zu tun, als würde dich niemand bemerken. Du bist verdammt süß und das haben schon jede Menge Männer bemerkt, aber du stehst dir immer selbst im Weg."

Manchmal wusste sie Roxannes unverblümte Beobachtungen und Ratschläge zu schätzen, manchmal aber auch nicht. In diesem Augenblick schlug Lily die Beine übereinander, nahm einen weiteren Schluck Wein und überlegte, wie sie Roxannes Bemerkung am besten überging. Roxanne mochte recht haben, aber niemand wusste, dass Lilys Scheu vor Beziehungen immer größer geworden war, je älter sie geworden und je länger sie Jungfrau geblieben war. Ihr ganzes Leben lang hatte sie damit gerungen, herauszufinden, wie sie mit ihrem Wesen zurechtkommen sollte. Sie mochte Leute, aber nur in kleinen Dosen. Als die Highschool und dann das College vorbei waren, hatte sie festgestellt, dass es ihr nicht leichtfiel, schnell Anschluss zu finden, wie viele andere Leute. Sie war in sich gekehrt und passte nicht gut in diese schnelllebige Gesellschaft. Erschwerend kamen ihre widersprüchlichen Gefühle als Shifterin hinzu. Manchmal wünschte sie sich nichts sehnlicher, als ein normaler Mensch zu sein und sich nur in einen Mann zu verlieben. Aber die einzigen Funken, die sie je gespürt hatte, waren mit Shiftern. Noah war wieder eine Klasse für sich, aber trotzdem. Es war nicht so, dass sie noch nie ein Date gehabt hatte, aber eben nur selten und ihre Ängste kamen ihr zuverlässig in die Quere. Wenn Noah sie heute nicht so überrascht hätte, hätte sie darauf gewettet, dass dieser Kuss nie stattgefunden hätte.

Sie seufzte und begegnete Roxannes Blick. „Vielleicht hast du recht. Wie auch immer, ich bin nicht gerade gut darin, die Absichten von Männern zu deuten."

Roxanne legte einen Arm um Lilys Schultern. „Wie wäre es, wenn du erst einmal daran arbeiten würdest, Noah nicht aus dem Weg zu gehen?"

Lily hatte gerade einen Schluck Wein getrunken und ihn fast ausgespuckt. Als sie wieder zu Atem kam, blickte sie Roxanne an, deren Augen leuchteten. „Wow! Du stellst ja gar keine großen Ansprüche, oder? Aber ich schätze, damit könnte ich anfangen", stellte sie augenzwinkernd fest.

Phoebe rief, dass das Abendessen fertig sei. Roxanne und Lily machten sich auf den Weg in die Küche. Nach dem Abendessen und zwei Runden Rommé kam Jake, während sie noch am Küchentisch saßen. Phoebe stand an der Spüle und wusch das Geschirr ab. Jake legte seine Arme um ihre Taille und hauchte einen lang anhaltenden Kuss auf ihren Hals. Lily sah zufällig in ihre Richtung und erhaschte einen vertrauten Blick zwischen den beiden. Sie seufzte, als die Gespräche um sie herum weitergingen. Sie war überglücklich, dass ihr Bruder sich endlich *(endlich!)*

erlaubt hatte, Phoebe so zu lieben, wie er sich das jahrelang verweigert hatte. Obwohl sie nicht besonders gerne darüber nachdachte, fühlte sie sich ein wenig einsam. Sie hatten nie darüber gesprochen, aber sie hatte sich mit Phoebe ein wenig verbunden gefühlt. Obwohl Phoebe mehr Dates gehabt hatte als Lily, als sie jünger gewesen waren, war es ihr nie ernst mit irgendjemandem gewesen, wahrscheinlich, weil ihre unausgesprochene Liebe zu Jake ein zu großes Hindernis dargestellt hatte. So sehr sich Lily auch freute, dass ihr Bruder und Phoebe zueinander gefunden hatten, hatte sie doch mehr und mehr das Gefühl, dass mit ihr selbst etwas nicht stimmte.

Als sie einige Zeit später durch die kalte, dunkle Nacht nach Hause fuhr, fragte sie sich, wann sie Noah wohl wiedersehen würde.

KAPITEL FÜNF

Noah nahm einen Schluck von Roxannes Kaffee und schob sich durch die Tür nach draußen. In Catamount war in der Nacht noch ein weiterer halber Meter Schnee gefallen. Die Sonne brach stellenweise durch die Wolken und hinterließ gleißende Spuren in ihrem Licht, während der Schnee schmolz. Er stapfte über eine Schneewehe und überquerte die Straße zu seinem Truck. Während er darauf wartete, dass sein Truck warm wurde, hielt ein anderer Wagen neben ihm. Als er sah, dass das Fenster auf der Fahrerseite offen war, kurbelte er sein Fenster herunter und erblickte Derek Miller. Dereks dunkelblondes Haar lugte unter seinem Hut hervor. Dereks blaue Augen waren zwar etwas zurückhaltend, aber er sah entschlossen aus. Noah wartete darauf, dass er das Wort ergriff.

Derek räusperte sich. „Hast du ein paar Minuten Zeit?"

Noah nickte, während er darüber nachdachte, was Derek wohl besprechen wollte. „Klar. Was gibt's?"

Derek ließ die Schultern hängen. „Ich könnte

einen Rat gebrauchen und dachte, du wärst der Richtige, den ich fragen könnte."

„Warum das?"

Dereks Augen musterten ihn einen Augenblick
lang. „Du ahnst sicher, dass es einen Grund gibt,
warum Kirk mich verprügeln wollte. Bei all dem, was
passiert ist, bin ich mir nicht sicher, mit wem ich
darüber reden kann, aber ich schätze, das könntest du
sein, weil du mir neulich zur Seite gestanden hast."

Noahs Neugierde war geweckt. „Ich kann ja gut
verstehen, dass du dich fragst, mit wem du sicher
reden kannst. Hier geht es ja drunter und drüber.
Nachdem Theo verhaftet worden war, habe ich mir
gedacht, dass ich mich besser aus der Schusslinie halte.
Ich kann mich nicht einmal daran erinnern, wann ich
das letzte Mal mit ihm gesprochen habe, aber er ist
immerhin mein Onkel, also ..."

Derek machte eine abweisende Handbewegung.
„Jeder weiß doch, dass du kaum etwas mit der Familie
deines Dads zu tun gehabt hast."

Da erinnerte sich Noah an die gestrige Bemerkung
seiner Mutter und fragte sich, ob sie nicht doch recht
gehabt hatte. Er begegnete Dereks Blick und nickte.
„Ich schätze, das ist gut zu wissen."

Derek wollte gerade etwas sagen, als in der Nähe
auf dem Bürgersteig ein Pärchen vorbeiging. „Würdest
du mich vielleicht in mein Büro begleiten?"

Noahs Neugierde war nun richtig geweckt, und er
nickte. Er und Derek waren in der Highschool zwar
nicht unbedingt die besten Kumpel gewesen, aber sie
hatten ein paar Mal zusammen abgehangen. Wegen
seiner familiären Umstände hatte Noah nie jemanden
zu Besuch gehabt, als sein Vater noch am Leben
gewesen war. Nach einer kurzen Fahrt folgte er Derek

die Straße hinunter, die zu einem der Steinbrüche führte, die seiner Familie gehörten. Hier befand sich das Hauptquartier ihres Stein- und Baugeschäfts. Als sie drinnen waren, kam Derek gleich zur Sache.

„Ich sollte damit wahrscheinlich direkt zur Polizei gehen. Unglaublich, dass ich das jetzt tatsächlich sage, aber ich habe ein bisschen Angst. Ich habe mir gedacht, du wärst vielleicht ein guter Gesprächspartner, weil niemand hier auf die Idee kommen würde, sich mit dir anzulegen. Auch wenn Kirk das nie zugeben würde, würde er sich nach dem Vorfall neulich wohl kaum trauen, dich anzugreifen. Es ist zwar nicht viel passiert, aber genau darum geht es. Du hast ihn einfach ausgebremst.“

„Wenn du meinst, dass du zur Polizei gehen solltest, dann solltest du das wohl auch tun“, stellte Noah nüchtern fest.

Derek nahm seinen Hut ab und warf ihn auf einen Stuhl neben dem Schreibtisch. „Ich weiß. Aber das ist gar nicht so einfach, wenn es um jemanden geht, der mal mein Freund war.“

Noah lehnte sich gegen die Wand neben der Tür und wartete. Es war offensichtlich, dass Derek sich alles von der Seele reden wollte, also beschloss Noah, einfach nur abzuwarten.

Derek seufzte, stützte sich mit den Hüften auf dem Schreibtisch ab und verschränkte die Arme. „Kirk möchte Zugang zu einem unserer Steinbrüche weiter außerhalb der Stadt. Falls du noch nicht davon gehört hast: Ich habe ihn vor ein paar Jahren feuern müssen. Bis dahin waren wir ziemlich gute Freunde gewesen. Ich habe zwar schon geahnt, dass er ein paar Probleme gehabt hat, weil er zu viel gefeiert hat, aber ich hatte keine Ahnung, wie weit das Ganze schon fortgeschritten waren, bis ich ihm bei einem Auftrag ausgeholfen habe. Er hat sich total danebenbenommen, ist nie pünktlich aufgetaucht und hat trotzdem erwartet, bezahlt zu werden. Ich weiß gar nicht, ob er schon mal länger als ein paar Monate am Stück einen Job hatte. Wie auch immer, letzte Woche ist er mit Callens Bruder Brad hier aufgetaucht. Er hat mich zwar nicht direkt bedroht, aber es war verdammt klar, dass sie mir das Leben schwermachen würden, wenn ich ihnen den Zugang zum Steinbruch nicht gewähren würde. Als du uns neulich in Roxanne's Deli gesehen hast, habe ich ihn zum Mittagessen eingeladen, um ihm zu erklären, dass er sich zum Teufel scheren soll. Seitdem ist Brads Truck zweimal im Steinbruch aufgetaucht. Weil der Ort ziemlich abgelegen ist, haben wir dort Sicherheitskameras installiert. Es hat einfach zu viele Probleme mit Idioten gegeben, die von der Klippe springen wollten und so einen Scheiß. Ich vermute, dass Brad und Kirk tief in die Sache mit der Schmuggelei verwickelt sind und einen abgelegenen Ort für ihre Lieferungen gebraucht haben."

Derek hielt inne und holte tief Luft. „Was zum Teufel soll ich denn jetzt tun?"

„Du weißt doch schon, was du tun solltest. Geh zur Polizei." Noah war hin- und hergerissen. Ein Teil von ihm wollte hier rausgehen und so tun, als hätte er nie etwas davon gehört. Aber ein viel größerer Teil von ihm wollte sich einmischen und alle Leute aufspüren, die daran beteiligt waren. Catamount war immer ein sicherer Hafen für Shifter gewesen, aber das war jetzt in ernster Gefahr.

Derek trat mit dem Absatz gegen den Stahltisch und das Geräusch hallte in dem kleinen Raum wider. „Das Problem ist, dass ich ständig diese seltsamen

SMS von einer mir unbekannten Nummer bekomme, in denen steht, dass ich alles tun soll, um meine Tochter zu schützen. Wenn Jasmine irgendwas zustoßen würde, würde ich durchdrehen.“

Jasmine war Dereks Tochter aus einer früheren Ehe. Seine Frau war bei einem Autounfall ums Leben gekommen und Derek zog Jasmine seitdem allein auf. Noahs Bauchgefühl gefiel das alles nicht. Ganz und gar nicht.

„Wie alt ist Jasmine jetzt?“

„Zwölf, aber sie ist viel zu erwachsen für ihr Alter. Sie ist so ein gutes Kind. Wenn man mir jemals gesagt hätte, dass Kirk so tief in der Scheiße steckt, dass er sie bedroht, hätte ich denjenigen für verrückt erklärt. Aber jetzt weiß ich nicht mehr weiter. Ich kann nicht sagen, ob er mir nur was vormacht, damit ich die Klappe halte oder so. Aber nachdem Chloe entführt worden ist, bin ich nicht so bescheuert, irgendein Risiko einzugehen. Ich weiß, ich sollte direkt zu Hank Anderson gehen, aber wenn sie herausfinden, dass ich das getan habe, weiß ich nicht, was sie tun werden.“

Hank Anderson war der Polizeichef von Catamount und ein Shifter. Noah kannte ihn leider besser, als ihm lieb war, denn sein Vater hatte die Angewohnheit gehabt, sich in allerlei rechtliche Schwierigkeiten zu verstricken, als Noah noch ein Kind gewesen war. „Ich rede mal mit Hank. Ich kann nicht versprechen, dass man dir keine Vorwürfe machen wird, aber wenigstens musst du nicht lügen, wenn du behauptest, dass du das nicht gewesen bist.“

„Das würdest du tun?“

Noah zuckte mit den Schultern. „Ja. Kein Problem für mich. Ich war zwar jahrelang weg, aber ich ertrage nicht, was in Catamount passiert ist, seit Callen ums

Leben gekommen und alles den Bach runtergegangen ist. Früher war das der einzige Ort, an dem ich mich sicher gefühlt habe. Es kotzt mich an, dass man deine Tochter bedroht. Sie ist doch bloß ein Kind! Ich schaue heute Nachmittag auf der Polizeiwache vorbei. Wenn man sich mit dir unterhalten möchte, können sie anrufen und du musst dir keine Sorgen machen, dass du dort gesehen wirst."

Derek nickte. „Alles klar. Kirk hat mich schon genug in die Scheiße geritten. Ich wollte dich eigentlich bloß um einen Rat bitten, aber ich bin dir sehr dankbar, dass du mir so unter die Arme greifst. Wenn du es dir noch mal anders überlegen solltest ..."

Noah schüttelte heftig den Kopf. „Das wird nicht passieren. Ich mache mich gleich auf den Weg dorthin. Ich melde mich bei dir."

———

Einige Stunden später fuhr Noah nach Hause. Nachdem er mit Hank Anderson gesprochen hatte, hatte er noch in Jakes Büro vorbeigeschaut. Nachdem er den beiden alles über Derek erzählt hatte, hatten sie viel zu besprechen gehabt. Auch wenn dies nichts an den Unruhen änderte, die die Shiftergemeinschaft in Catamount erschütterten, fühlte sich Noah leichter. Er hatte schon zu lange mit der Vermutung gehadert, dass die Leute dachten, er sei wie sein Vater. Die Worte seiner Mutter und die heutigen Begegnungen hatten ihm allerdings gezeigt, dass die Sache doch nicht so eindeutig war, wie er gedacht hatte. Eigentlich hätte er wissen müssen, wie es gewirkt hatte, dass er sich bis zum Tod seines Vaters aus Catamount ferngehalten hatte.

Als er zuhause ankam, begab er sich in den Wald hinter dem Haus seiner Mutter, um eine Runde zu laufen. Er hatte sich noch immer nicht ganz daran gewöhnt, dass er einfach im Wald verschwinden und seinen Berglöwen freilassen konnte. Als er außer Sichtweite war, wandelte er sich. Blitzschnell begann es unter seiner Haut zu kribbeln und sein Fell wirbelte über die Oberfläche. Er streckte sich und rannte los, um durch den tiefen Schnee in die Ausläufer des Gebirges zu stürmen. Es war zwar kurz vor der Dämmerung, aber er hatte noch genug Licht, um sich noch ein wenig zu dehnen und seinem Kater Auslauf zu gewähren. Als er zum Grundstück seiner Mutter zurückkehrte, sah er in der Ferne einen goldbraunen Blitz. Er hielt an und sprang leise auf einen Baum, um das Geschehen zu beobachten. Im nächsten Augenblick kam auch schon ein Berglöwe in Sicht. Als der Löwe sich langsam durch die Bäume schlängelte, erkannte sein Löwe das andere Tier: Lily. Ein heftiges Verlangen durchzuckte ihn.

Das Gute und zugleich Herausfordernde daran, ein Berglöwenshifter zu sein, war, dass sein Löwe wusste, was er wollte – auf eine natürliche, ursprüngliche Art und Weise – und er war entschlossen. Wenn sein Löwe nicht mit seinem menschlichen Gewissen hätte ringen müssen, wäre er vom Baum gesprungen und hätte sich auf Lily gestürzt. In Katzengestalt war sie geschmeidig und wunderschön. Plötzlich hielt sie inne. Er wusste, dass sie seine Anwesenheit spürte. Ihr Schwanz zuckte, seine schwarze Spitze war im schwindenden Licht deutlich zu erkennen. In der Stille der Winterdämmerung fanden ihre Augen die seinen. Eine Eule rief leise in der Ferne, während sie sich gegenseitig beobachteten. Noah sprang von seinem Platz herunter und trat in den Schnee. Lilys leuchtend blaue Augen musterten ihn durch die verschneite Stille des Waldes hindurch. Das Verlangen zwischen ihnen war so stark, dass er sein Echo in der Luft förmlich spüren konnte. Dann hob sie ihr Kinn an und zuckte noch einmal mit dem Schwanz, bevor sie sich umdrehte und davonschlenderte.

Noah musste sich mit aller Kraft zurückhalten, um ihr nicht hinterherzurennen. Er klammerte sich an die Vernunft, die ihm seine Menschlichkeit verlieh, und beobachtete und wartete, bis sie außer Sichtweite war. Anschließend hetzte er durch den Wald, bis er zu Hause ankam und sich erneut wandelte, bevor er aus dem Wald trat. Nach einer Dusche sah er nach seiner Mutter. Sie schlief tief und fest und hatte ihr Buch auf die Brust sinken lassen. Er nahm das Buch in die Hand und machte ein Eselsohr in die Seite, bevor er es leise auf den Nachttisch legte. Als er in die Küche zurückkehrte, um das Abendessen vorzubereiten, summte sein Handy. Er war überrascht, eine SMS von Lily auf dem Display zu sehen. Er hatte ihre Nummer gestern bekommen, nachdem er ihren Reifen gewechselt hatte.

Können wir uns sehen?

Noah wusste zwar nicht, was er erwartet hatte, aber das hier jedenfalls nicht. Sein Puls pochte, als er sein Handy festhielt. Bevor er antworten konnte, blinkte eine weitere SMS auf dem Bildschirm auf.

Okay, vielleicht war das seltsam.

Ihm wurde klar, dass er besser antworten sollte, bevor sie ihre Meinung änderte.

Ja. Heute Abend? Und: Gar nicht seltsam.

Sein Handy blieb so lange still, dass Noah sich fragte, ob sie ihre Meinung geändert hatte. Sein Körper lief nach der kurzen Begegnung im Wald auf

Hochtouren. Er durchwühlte gerade den Küchenschrank, als sein Handy erneut summte.

Abendessen im Trailhead? In einer halben Stunde?

Ihre Geradlinigkeit überraschte ihn, aber er hatte nicht vor, abzulehnen. Schnell schickte er eine Bestätigung und schnappte sich seine Autoschlüssel.

KAPITEL SECHS

Lily betrachtete sich im Badezimmerspiegel. Ihr goldbraunes Haar fiel ihr in weichen Wellen um die Schultern. Sie widmete ihrem Haar normalerweise nicht besonders viel Zeit, deshalb ließ sie es meist offen. Selbst die nervenaufreibende Aussicht auf das Abendessen mit Noah konnte sie nicht dazu bringen, etwas anderes damit anzustellen. Sie trug einen Hauch von Eyeliner und Lipgloss auf und warf sich auf dem Weg durch das Wohnzimmer ihre Winterjacke über. Sie lebte allein in einem kleinen Haus am Rande von Catamount. Dieses Haus hatte sie vor allem deshalb gekauft, weil sie von seinem Zuschnitt so angetan war. Es war ein achteckiges Haus mit einem großen, offenen Wohn- und Küchenbereich im Hauptteil des Hauses und Fenstern an jeder Wand. Ein Schlafzimmer und ein Bad befanden sich an der Seite, ein Gästezimmer mit Bad im unteren Stockwerk. Ihr gefiel besonders das Oberlicht in der Mitte des Daches, wo alle Winkel zusammenliefen.

Sie betätigte den Fernstarter für ihr Auto und wartete am Fenster. Der Mond war heute Nacht fast voll, sein silbriges Licht tauchte die Bäume in ein märchenhaftes Licht und ließ die Nacht geradezu verzaubert erscheinen. Ihr Puls pochte, seit sie Noah heute Nachmittag im Wald gesehen hatte. Als sie ihn in Löwengestalt erblickt hatte, hatte ihre Katze keinen Zweifel daran gelassen, dass sie ihn haben musste. Sie wollte ihn, wie sie noch nie jemanden gewollt hatte. Ein Teil von ihr ärgerte sich darüber. Ihre zwiespältigen Gefühle, eine Shifterin zu sein, kamen zum Teil daher, dass die Löwenseite in ihr so unberechenbar war. Ihre menschliche Hälfte bevorzugte Logik, Ordnung und Vernunft. Sie gab es nur ungern zu, aber sie wusste, dass ein Teil des Grundes, warum es ihr schwerfiel, eine Shifterin zu sein, die starken Gefühle waren, die Urgewalt dieser Erfahrung. Dadurch hatte sie das Gefühl, die Kontrolle zu verlieren und sich nicht mehr im Griff zu haben. Heute, als sie Noah im Wald begegnet war, war es nur um Gefühle und Triebe gegangen. Nachdem sie sich gewandelt hatte, war ihr der Gedanke gekommen, dass sie diesen Trieb vielleicht dazu nutzen könnte, die Seite an sich zu überwinden, die einer Beziehung im Weg stand. Oder genauer gesagt, die sie weiterhin Jungfrau bleiben ließ, obwohl sie das unendlich ärgerte.

Kurzerhand beschloss sie, sich heute Abend mit ihm zu treffen, und anstatt zu zögern, würde sie einfach tun, was ihr Körper wollte, und ihn erobern. Sie war fest entschlossen, ihre lästige Jungfräulichkeit ein für alle Mal loszuwerden. Während die eine Hälfte sie für vollkommen verrückt hielt, wusste die andere Hälfte, dass sie sich bloß selbst im Weg stehen würde, wenn sie warten würde. So wie sie das immer getan hatte. Sie wollte so viel mehr als diese hitzigen Augenblicke in seinem Truck. Die Anspannung schnürte sie förmlich ein, aber das Verlangen durchzuckte sie.

Das einzige Problem, um das sie nicht herumkam, war, wie sie ihm beibringen sollte, dass sie noch Jungfrau war. Es schien, als sollte sie das tun, aber sie war sich nicht sicher. Sie hatte Angst, dass er denken würde, dass mit ihr etwas nicht stimmte. Und das war auch sicher der Fall. Jedes Mal, wenn sie versuchte, sich mit jemandem zu verabreden, kam ihr Gehirn ihr in die Quere. Wenn sie nicht etwas Drastisches unternahm, würde sie sich noch mehr verrennen, als sie das ohnehin schon getan hatte. Seufzend blickte sie auf ihre Uhr und machte sich auf den Weg.

Als sie am Trailhead ankam, sah sie Noahs Truck bereits auf dem Parkplatz stehen. Das Trailhead befand sich in einem alten Diner mit glänzendem Edelstahl an der Außenseite und einem leuchtend roten Dach. Im Inneren des Cafés war der Charme des Diners erhalten geblieben, mit einer Theke vor einer offenen Küche und verstreuten Tischen und Sitzecken. Fröhliche Farben und Kunstwerke teilten sich den Platz an den Wänden mit Fotos von Wanderern auf dem Appalachian Trail und verblassten Zeitungsfotos von Berglöwen. Im Trailhead wurde bodenständige Hausmannskost serviert, aber auch gehobene gesunde und Gourmetküche. Maine war schon lange ein Anziehungspunkt für die Städter an der Ostküste. So war Maine auch zu einem Zentrum für gutes Essen geworden, denn im ganzen Bundesstaat gab es zahlreiche ausgezeichnete Restaurants. Catamount hatte mit dem Trailhead ebenfalls seinen Anteil daran.

Lily erblickte Noah an einem der Tische sitzen. Ihr kam die Erinnerung an seinen Berglöwen heute im Wald in den Sinn. Er war groß und majestätisch gewesen, und seine bernsteinfarbenen Augen hatten sie fast elektrisiert, als er sie angesehen hatte. Sie hatte mit sich selbst kämpfen müssen, so stark war ihr Verlangen nach ihm gewesen. Wenn sie ihn jetzt nur ansah, begann ihr Herz zu rasen und das Begehren schoss durch ihre Adern und ließ ihre Haut erröten. Sie fing den Blick der Kellnerin auf und deutete in Richtung Noah, bevor sie auf ihn zuging. Er blickte auf und sein Blick traf sofort den ihren. Quer durch das Restaurant spürte sie das Feuer in seinen Augen.

Irgendwie schaffte sie es dann, sich gegenüber von ihm an den Tisch zu setzen. Ihr Puls raste, und ihr Atem war flach. Hitze durchflutete sie. Da kam eine Kellnerin vorbei, um ihre Getränkebestellung aufzunehmen. Die kurzzeitige Ablenkung gab ihr die Möglichkeit, sich wieder zu sammeln. Nach ein paar Minuten lockerer Unterhaltung erzählte Noah, dass er heute in Jakes Büro vorbeigeschaut hatte.

„Tatsächlich?" Noah war sonst eher zurückhaltend, deshalb schien es ungewöhnlich, dass er im Büro ihres Bruders vorbeischaute.

„Ja. Erinnerst du dich noch an den kleinen Zwischenfall zwischen Derek und Kirk neulich in Roxannes Laden?" Als sie nickte, fuhr er fort. „Derek und ich waren während der Schulzeit befreundet. Um es kurz zu machen: Er hat mich um Rat gefragt, weil Kirk ihn bedrängt hat, Zugang zu einem seiner Steinbrüche außerhalb der Stadt zu bekommen. Vermutlich wollen sie ihn für ihre Lieferungen nutzen, weil er so abgelegen ist. Kirk hat ihn zusammen mit Callens Bruder Brad aufgesucht, um ihn danach zu fragen. Ich habe Derek angeboten, mit Hank Anderson darüber zu sprechen und bin danach noch bei Jake vorbeigefahren, um mich mit ihm darüber zu unterhalten."

Lily staunte. Sie war sich nicht sicher, was sie von ihm erwartet hatte, aber das jedenfalls nicht. Sie war erleichtert, dass er sich mit seinem Wissen direkt an Hank gewandt hatte, aber die nagende Angst, die sie in sich trug, wollte einfach nicht verschwinden. Seit Jake an den Ermittlungen zu Callens Tod und dem Schmuggelnetzwerk arbeitete, hatte sie wahrscheinlich mehr als die meisten anderen von den vielen Spuren gehört, denen sie nachgegangen waren. Es kam ihr so vor, als ob jedes Mal, wenn sie ein loses Ende entwirrt hatten, ein weiteres auftauchte. Sie holte tief Luft. „Ich bin froh, dass du damit direkt zur Polizei gegangen bist. Aber ich habe gar nicht gewusst, dass du und Derek befreundet seid.“

Noah zuckte mit den Schultern. „Ich stehe ihm nicht näher als sonstwem in Catamount. So wie mein Dad war, sind nicht allzu viele Leute vorbeigekommen. Derek und ich haben ein bisschen zusammen abgehangen. Ich habe keine andere Möglichkeit gesehen, als mit Hank darüber zu reden. Diese ganze Sache ist ein ziemliches Durcheinander. Ich frage mich immer mehr, ob Callens Vater da wohl auch mit drinsteckt. Jake hat erzählt, dass er sich das auch schon gefragt hat.“

Das Gespräch ging weiter. Lily war erleichtert, dass sie sich nicht mehr über die Ermittlungen unterhalten musste. Sie war es leid, dass dieses Thema jedes Gespräch beherrschte. Noah hatte eine Flasche Wein bestellt. Irgendwann, nachdem sie mit dem Essen fertig waren, fiel ihr auf, dass sie dem Wein kräftig zugesprochen hatte. Sie schob es auf ihre Nerven und darauf, wie unglaublich ablenkend Noah war. Jedes Mal, wenn er ihr seine dunklen, bernsteinfarbenen Augen zuwandte, schlug ihr Puls schneller und ihr wurde ganz heiß. Sie erinnerte sich an das Verspre-chen, das sie sich selbst gegeben hatte – heute Abend würde sie sich selbst nicht in die Quere kommen.

Als sie aufstanden, um aufzubrechen, warf Noah ihr einen Blick zu. „Wie wäre es, wenn ich dich nach Hause fahre?"

Einen Augenblick lang überlegte sie, ob sie widersprechen sollte, aber sie wusste, dass sie vielleicht zu viel getrunken hatte und wenn sie sich von ihm nach Hause fahren ließ, würde sie vielleicht nicht kneifen. Als sie nickte, ging er auf dem Weg nach draußen neben ihr her und legte seine Hand auf ihren Rücken. Die Wärme seiner sanften Berührung brannte sich in ihre Haut und ließ die Hitze in ihr aufsteigen. Als sie an Noahs Truck ankamen, lief er bereits und war warm. Der Luxus einer Fernstartfunktion war in den kalten Wintern von Maine geradezu atemberaubend. Lily saß neben Noah im Wagen und die Erinnerung an das letzte Mal, als sie hier drin gewesen war, blitzte in ihrem Kopf wie Neonlicht auf. Während er die kurze Strecke zu ihrem Haus fuhr, kämpften Verlangen und Angst in ihr. Der Abstand zwischen ihnen beiden fühlte sich winzig und riesig zugleich an. Sie betrachtete sein Profil – seine wohlgeformten Gesichtszüge und sein sinnlicher Mund ließen die Funken der Hitze in ihr auflodern.

Es gelang ihr, ihn die wenigen Abzweigungen zu ihrem Haus zu lotsen. Als er anhielt, dachte sie, sie würde sterben, wenn er sie nicht wieder küsste. Das war alles, was sie wollte. Nachdem er sich zu ihr umgedreht hatte, nahm sie all ihren Mut zusammen.

„Möchtest du mit reinkommen?", platzte sie heraus.

Sie konnte seinen dunklen Blick nicht lesen, aber er nickte, also überlegte sie nicht lange. Nachdem sie schnell aus dem Wagen gestiegen war, eilte sie zur Tür. Während sie noch an ihren Schlüsseln herumfummelte, hatte er sie bereits eingeholt. Ihre Nerven und die Kälte ließen ihre Hände beben. Plötzlich umgab Noah sie mit seiner Wärme, als er seinen Arm von hinten um sie legte und seine Hand um ihre schloss.

„Ganz ruhig", flüsterte er ihr mit tiefer und rauer Stimme ins Ohr.

Er stützte ihre Hand, und sie schaffte es schließlich, den Schlüssel ins Schloss zu stecken und ihn umzudrehen. Als sie drinnen waren, schaltete sie ein paar Lampen an. Noah blieb in der Mitte des runden Raumes stehen und betrachtete das Dachfenster. Auf dem Weg zu ihrem Haus hatte es angefangen zu schneien. Der Schnee wirbelte wie Sternenstaub gegen das Oberlicht.

Er senkte den Blick und sah sich im Raum um. „Schönes Haus."

Sie zuckte mit den Schultern. „Danke. Mir gefällt es."

Sie konnte das Verlangen, das sie in Wellen durchströmte, kaum zurückhalten. Nachdem sie sich von seinem Blick gelöst hatte, begab sie sich zur Tür, um ihre Jacke an den Kleiderständer zu hängen. Dann streifte sie ihre Stiefel ab und drehte sich um, als sie ihn direkt hinter sich entdeckte, seine Jacke über den Finger gehängt. Ohne ein Wort zu sagen, nahm sie sie entgegen und hängte sie neben die ihre. In der Stille versuchte sie an alle möglichen Dinge zu denken, die sie hätte sagen können, aber das Einzige, was ihr durch den Kopf ging, war der Drang, ihm nahe zu kommen. Das war rein instinktiv. In der Tiefe ihres Verlangens drängte das Aufflackern des Gefühls, an das sich ihre Löwin klammerte, sie vorwärts. Sie tat einen Schritt und spürte die Hitze seines Körpers an ihrem. Dann vernahm sie sein scharfes Einatmen und dachte nicht weiter darüber nach.

Sie legte ihre Hand auf die Mitte seiner Brust und

strich nach oben, genoss das Pochen seines Herzens unter ihrer Handfläche und ließ ihre Hand in seinen Nacken gleiten, wo sie in seine dunklen Locken fuhr. Mit einem sanften Ruck beugte sie sich nach oben. Er kam ihr auf halbem Weg entgegen. Das Gefühl seines Mundes auf ihrem schickte einen Stromstoß durch ihren Körper. Als sie nach Luft schnappte, übernahm er die Führung und seine Zunge drang in ihren Mund ein. Sie landeten wieder dort, wo sie neulich Nachmittag gewesen waren. Nur, dass die Hitze sich diesmal so schnell steigerte, dass sie vor ihrer Wucht erschauderte. Seine Arme legten sich um sie und er hob sie leicht an.

Sie hörte zwei dumpfe Geräusche, als seine Stiefel hinter ihnen auf den Boden schlugen und er von der Tür weg trat. Seine Lippen lösten sich nicht von ihren, als er einen Arm unter ihre Hüften legte und sie zum Sofa trug. Das Nächste, was sie wusste, war, dass sie auf seinem Schoß saß und gar nicht nah genug an ihn herankommen konnte. Ihr Kuss verwandelte sich von einer langsamen, eingehenden Erkundung in einen wilden, feuchten Rausch. Sie rutschte über ihn, setzte sich rittlings auf seinen Schoß und keuchte, als sie seinen harten Schaft an sich spürte. Wieder einmal übernahm das, was auch immer zwischen ihnen gewesen sein mochte, die Kontrolle und fegte ihre Gedanken beiseite. Sie kümmerte sich nicht darum, was als Nächstes passieren würde, wie sonst immer. Das Gefühl trieb sie an, spornte sie an.

Mit einem Stöhnen löste Noah seine Lippen von ihren. Er zog sich gerade so weit zurück, dass er ihr in die Augen sehen konnte. Was sie in seinem Blick erkannte, löste ein hartes Ziehen in ihr aus. Er fuhr mit einer Hand durch ihr Haar und sein Daumen strich sanft über ihren Nacken. Jede kleine Berührung ließ Funken über ihre Haut zischen. Er fluchte leise und holte schaudernd Luft, bevor er seine Lippen wieder auf die ihren presste. Ein heißer, inniger Kuss und seine Lippen strichen über ihre Wange, um ihr Ohr zu umspielen. Heftige Schauer überliefen sie bei seinen Berührungen. Er strich über ihren Rücken, bevor er unter ihr Shirt glitt, und die schwielige Haut seiner Handflächen entlockte ihr ein Stöhnen.

Lily bewegte sich unruhig gegen ihn, und jedes Mal, wenn sie sich gegen seine harte Länge drückte, durchfuhr sie ein heftiges Gefühl der Lust. Sie zerrte an seinem Hemd und schob es über seine Brust. Da lehnte er sich nach vorne und streifte mit einer schnellen Bewegung sein Hemd ab. Es flog in hohem Bogen zur Seite. Seine andere Hand blieb beschäftigt und öffnete geschickt ihren BH, bevor er mit beiden Händen an ihren Seiten hinauffuhr. Sie folgte der Bewegung seiner Hände, als sie an ihren Seiten hinaufglitten, und zog ihre Arme nach oben, während ihr Shirt folgte. Erleichtert seufzte sie auf, als er ihren BH zur Seite warf und ihre Brüste zum Vorschein kamen. Der Gegensatz zwischen seinem muskulösen Brustkorb und seinen steinharten Bauchmuskeln und der Geschmeidigkeit ihrer Brüste jagte ihr einen Schauer über den Rücken.

Noah drückte sie leicht nach hinten und seine Hände wanderten unter ihre Brüste. Er blickte ihr in die Augen, die dunkel vor Verlangen waren. Ohne dass ein Wort zwischen ihnen gefallen wäre, wusste Lily, dass er sie genauso begehrte wie sie ihn. Ihr Verstand, der so geübt in Selbstzweifeln war, wollte sich zu Wort melden, aber ihr Körper wusste es in diesem Augenblick besser und schenkte ihm keine Beachtung. Seine Augen wanderten über ihr Gesicht und hinunter zu ihren Brüsten und schürten das Feuer, das in ihr loderte. Ruhelos schmiegte sie sich an ihn und ließ ihre Hände über seinen muskulösen Oberkörper gleiten.

Dann berührte er ihre Brustwarzen. Ein flüssiger, heißer Schauer durchfuhr sie, als sie sich ihm entgegenwölbte. Das Verlangen hatte sie fest im Griff. Seine Augen blickten fragend zu ihr hoch. Obwohl ihr Körper ihren Verstand in den Hintergrund gedrängt hatte, meldete sich ihr Gewissen zu Wort. Sie musste ihm unbedingt mitteilen, dass sie noch Jungfrau war. Während er mit einer Hand eine Brust umfasste und mit ihrer Brustwarze spielte, glitt er mit der anderen Hand über ihren Hals und fuhr ihr ins Haar. Sein Daumen strich über den Pulsschlag an ihrem Hals. Seine Augen verdunkelten sich, bevor er seinen Mund in einem verschlingenden Kuss auf den ihren legte. Ihre Sinne überschlugen sich, als sie keuchend in seinen Mund stöhnte. Sie spürte die Lust, die sie durchströmte. Er zog sich zurück und seine Lippen, Zunge und Zähne wanderten ihren Hals hinunter. Das Begehren ergriff immer mehr von ihr Besitz, und sie wollte ihm unbedingt näherkommen. Das Verlangen in ihr wurde immer stärker, als er seine fordernden Lippen auf ihre Brüste legte und erst die eine, dann die andere in seinen Mund zog.

Lust durchfuhr sie, als er gegen sie stöhnte und seine Zähne sich mit einem scharfen Biss um ihre Brustwarze schlossen. Verzweifelt drängte sie ihre Hüften zurück und zerrte an den Knöpfen seiner Jeans. Noahs Lippen kamen zum Stillstand, und er zog sich langsam zurück. In der Stille knisterte die Luft zwischen ihnen förmlich. Seine Augen waren wie eine heiße Glut. Er zeichnete gemächlich Kreise um ihre Brustwarzen, während er sie betrachtete.

„Was möchtest du?", fragte er, seine Worte waren heiser und rau.

Lily errötete, hielt aber seinem Blick stand. „Dich. Das hier."

Er nickte langsam. „Ich habe dich heute gesehen."

Sie wusste, dass er davon sprach, dass er sie im Wald gesehen hatte. Sie konnte sich an den Augenblick gut erinnern, in dem sie ihn in den Bäumen warten gesehen hatte. Ihre Berglöwin zweifelte nicht an dem, was sie zwischen ihnen gespürt hatte. Das Band zwischen ihnen hatte pulsiert, als sie ihm im Wald in die Augen gesehen hatte. Der Teil von ihr, der sich jenseits jeglicher Gedanken und Vernunft befand, wusste in diesem Augenblick, dass er ihr gehören würde und dass sie ihm gehören würde.

Noahs Hand zog sich fester um ihr Haar, doch er schwieg. Sie wusste, dass er darauf wartete, dass sie etwas sagte.

„Ich habe dich auch gesehen." Ihre Worte klangen wie ein raues Flüstern. Die Nähe zwischen ihnen beiden war ihr beinahe zu viel. So etwas hatte sie noch nie erlebt, aber irgendwie konnte sie sich dem nicht entziehen. Ihre Gefühle wirbelten durcheinander wie Blätter im Wind. Ihr ganzes Wesen sehnte sich nach ihm, während die schwache Stimme der Vernunft sie daran erinnerte, dass es nur recht und billig war, ihm zu gestehen, dass sie noch Jungfrau war. Trotz der starken Verbindung, die sie verspürte, trotz der Tatsache, dass sie den Blick in seinen Löwenaugen erkannt hatte, als er sie durch die verschneiten Bäume hindurch gemustert und sie mit seinem Blick gebrandmarkt hatte, konnte sie sich nicht auf diese Sache einlassen, ohne ehrlich zu sein. Die Selbstzweifel, die sich in ihrem Kopf festgesetzt hatten, tauchten wieder auf und erinnerten sie daran, dass Noah sie wahrscheinlich für eine wilde, scharfe Shifterin hielt, die schon viel Erfahrung mit Männern hatte. Sie wollte ihn nicht enttäuschen, wollte nicht, dass er sich zurückzog.

Ihr Blick fiel auf seinen Oberkörper, ein Anblick, der sich sehen lassen konnte. Die meisten Berglöwenshifter hatten unglaubliche Körper. Noah war da keine Ausnahme, abgesehen davon, dass er auch noch das strenge Training der Marines Special Forces absolviert hatte. Er war muskulös, durchtrainiert und ausdauernd. Sie holte schaudernd Luft und nahm all ihren Mut zusammen. Als sie ihm in die Augen schaute, kamen ihre Worte wie aus der Pistole geschossen. „Ich bin noch Jungfrau.“

Seine Augen weiteten sich, aber er zuckte mit keiner Wimper. Seine Hand blieb in ihren Haaren, sein Daumen strich weiter über die weiche Haut unter ihrem Ohr und an ihrem Hals und strich über ihren Puls. Ihr Herz pochte wie wild, aber sie schaffte es, ihr Kinn hochzuhalten. Nach einem langen Augenblick ergriff er das Wort. „Das hätte ich nicht gedacht.“ Er schwieg wieder und musterte sie.

Der Druck in ihr stieg, das Bedürfnis zu erklären, dem Ganzen einen Sinn zu geben. Sie fühlte sich irgendwie schuldig. Und das war lästig und machte die Sache noch komplizierter. Sie wusste nicht, worauf Noah hinauswollte. „Ich habe gedacht, ich sollte dir das sagen. Ich bin so geworden, weil ...“ Sie hielt inne und zuckte mit den Schultern. Dabei kam sie sich ein wenig lächerlich vor, schließlich war sie halb nackt und spürte noch immer seine erhitzte Länge an ihrer Mitte, die von Verlangen durchtränkt war. „Weil ich nicht so gut darin bin, einfach mal Fünfe grade sein zu lassen und Spaß zu haben. Ich bin nicht prüde, wenn es um Sex oder so geht. Es war nicht so, dass ich mich aufsparen wollte. Es ist nur ...“

„Du musst dich doch nicht rechtfertigen, Lily.“

Sie atmete tief durch. Die sanften Streicheleinheiten seines Daumens und das Glühen seiner bernsteinfarbenen Augen lenkten ihre Gedanken von ihrer Grübelei ab.

„Ändert das denn irgendetwas für dich?“, fragte er.

Sie wusste, was er meinte. Sie konnte es auch nicht so recht glauben, aber als er sie im Wald beobachtet hatte, hatte sie genau gewusst, dass er sie einfordern wollte. So einfach war das – ein urtümliches Wissen, das nur durch Gefühle verstärkt worden war, die nur die Berglöwin in ihr als wahr empfinden konnte. So zwiespältig sie auch manchmal mit ihrem geteilten Selbst – Löwin und Mensch – sein mochte, so war sie doch, wer sie war. Sie schüttelte den Kopf. „Ändert das denn etwas für dich?“

Sein Mund verzog sich zu einem leichten Lächeln, als er den Kopf schüttelte. Dann ernüchterte sein Blick. „Dadurch möchte ich dich bloß noch mehr. Es hätte so oder so keinen Unterschied gemacht, aber ich möchte nicht verhehlen, dass es sich gut anfühlt, zu wissen, dass dich sonst niemand so kennt.“ Dann hielt er inne und sah ihr in die Augen. Die Luft um sie herum fühlte sich plötzlich lebendig an. Sie konnte kaum atmen, als das Verlangen in ihr pulsierte. „Aber vielleicht sollten wir einen Gang zurückschalten.“

„Nein!“ Sie schüttelte energisch den Kopf und war fest entschlossen, sich nicht von dem, was sich hier gerade anbahnte, aufhalten zu lassen. Sie hatte endlich den Mut gefunden, ihre Angst zu überwinden. Nun würde sie sich nicht mehr das verweigern, was sie wollte.

Unvermittelt drückte sie sich zurück, um seine

Jeans aufzureißen. Er wollte noch etwas sagen, aber seine Worte endeten in einem Stöhnen, als sie ihre Hände um seine Länge schlang. Die warme, samtige Haut pulsierte gegen ihre Hände, als sie darauf auf und ab strich. Noahs Atem zischte durch seine Zähne, bevor er ihre Hände in seine nahm und sie in seine Arme zog. Er stand auf und schaute sich um, bevor sein Blick wieder auf ihr landete. „Schlafzimmer?" Seine Stimme klang rau, seine Gesichtszüge waren angespannt.

Ein Gefühl der Begeisterung machte sich in ihr breit, als ihr klar wurde, dass er wahrscheinlich nicht auf die Bremse treten würde, nur, weil sie noch Jungfrau war. Sie wies mit einer Geste auf die Tür auf der einen Seite des runden Raumes, und er eilte schnell hinüber. Obwohl sie klein war, besaß sie üppige Kurven, aber er hielt sie mit Leichtigkeit fest; auch, als er mit einer Hand die Tür öffnen musste. Ihr Bett war mit Kissen und einer flauschigen Daunendecke überladen.

Noah steuerte direkt auf das Bett zu. Dort setzte er sie ab und stand auf. Sie wollte sich schon hinknien, aber er war schneller. Er streckte sich über ihr aus, seine Ellbogen stützte er neben ihrem Gesicht ab. Er lehnte sich kurz hoch, um die einzelne Lampe neben dem Bett anzuknipsen, und sein Gewicht senkte sich wieder auf sie. Das Gefühl, ihn über sich zu haben, verstärkte das Verlangen, das in ihr brodelte. „Wenn wir das hier wirklich durchziehen, musst du mir unbedingt folgen." Seine Worte waren rau, sein Blick heiß.

Sie nickte wortlos. Er zögerte keine Sekunde und schloss ihren Mund mit dem seinen. In Sekundenschnelle war sie wieder an dem Ort, an dem sie vorher gewesen war – dem Ort, an dem nichts als Gefühle herrschten. Seine Küsse trieben sie in den Wahnsinn –

langsam, heiß, feucht und betäubend. Als er seine Lippen von ihr löste, keuchte sie und ihr Körper brannte. Dann wanderte er mit seinen Lippen ihren Hals hinunter bis zu ihren Brüsten. In den folgenden Augenblicken wurde sie immer fester in den Bann der Lust gezogen. Keuchendes Stöhnen drang über ihre Lippen. Ein süßer Druck stieg in ihr auf, als sie der Ekstase hinterherjagte, die seine Berührung versprach. Er erkundete ihren Körper mit seinem Mund und seinen Händen, seine Berührungen waren überall gleichzeitig. Mit seiner Zunge zeichnete er ihren Bauchnabel nach und küsste die weiche Wölbung ihres Unterleibs, während er geschickt ihre Jeans aufknöpfte und nach unten zog. Sie hob ihre Hüften und verlangte nach mehr.

Sie war klatschnass vor Verlangen und wollte ihn unbedingt in sich spüren. Und zwar sofort. Aber er ließ sich nicht beirren. Ihr heiseres Flehen wurde mit seinen Händen und seinem Mund beantwortet. Ihren Slip ließ er an, ein Stück blauer Seide, während seine Lippen an ihren Beinen herunterwanderten. Dabei fuhr er mit seinen Fingern an der Innenseite ihrer Oberschenkel und hinter der weichen Haut ihrer Knie entlang. Nachdem er ihre Jeans beiseite geworfen hatte, wanderte er wieder nach oben. Als er seine Handfläche über ihren Schamhügel legte, wurde sie von einem Gefühlstaumel überflutet, der sie vor Lust fast um den Verstand brachte.

Er streichelte über die nasse Seide zwischen ihren Schenkeln. Sie wölbte sich ihm entgegen und verlangte verzweifelt nach mehr. Erst nach quälenden Augenblicken, in denen er sie langsam streichelte und durch die Seide über ihren Kitzler glitt, hakte er schließlich seinen Finger in den Rand ihres Höschens und zog es herunter. Dann schob er seine Finger durch ihre glitschigen Schamlippen hin und her und trieb sie fast in den Wahnsinn, bevor er schließlich einen Finger in ihren Tunnel schob. Sie war dem Orgasmus so nahe, dass ihr Lustkanal um ihn herum pulsierte. Er stieß langsam in sie hinein und wieder heraus, nahm einen weiteren Finger und dann seinen Mund. Flüssige Hitze durchströmte sie, während sie sich in den Rausch der Gefühle stürzte. Mit einem tiefen Stoß seiner Finger zog er ihre Klitoris in seinen Mund, und ein heftiger Lustschauer durchfuhr sie, als sie um ihn herum erzitterte. Er hörte nicht auf, bis ihre Hüften zum Stillstand kamen. Seine Lippen folgten dem Weg, den sie auf ihrem Körper zurückgelegt hatten, zurück und wanderten gemächlich nach oben. Sie spürte, wie seine Wärme sie verlassen hatte. Benommen öffnete sie die Augen und beobachtete, wie er sich die Jeans auszog.

Als sie ihn nackt vor sich sah, verschlug es ihr den Atem. Er war knallhart, durchtrainiert von Kopf bis Fuß. Sie hatte es ja schon geahnt, aber seine Größe schüchterte sie ein. Sie war sich nicht sicher, wie er überhaupt in sie hineinpassen wollte. Ihr Verlangen nach Noah ging so weit über alles hinaus, was sie bisher erlebt hatte, dass sie nicht einmal daran denken konnte, damit aufzuhören, aber trotzdem durchfuhr sie ein Hauch von Angst. Seine dunklen Augen musterten sie, während er ein Kondom überzog. Mit einer geschmeidigen Bewegung beugte er sich über sie, wobei seine Ellbogen wieder neben ihrem Gesicht zu liegen kamen. Sein Gesichtsausdruck war angespannt, als würde er versuchen, sich mit aller Kraft zusammenzureißen. Sie spürte, wie sich seine Eichel an ihren Eingang drängte. Nach dem intensivsten Orgasmus, den sie je erlebt hatte, stieg das Verlangen in ihr auf und sie spürte, wie sich der schwere, nasse Druck zwischen ihren Beinen ihm entgegenstreckte.

Seine Augen glitten über ihr Gesicht, als ob er nach etwas suchte. Er strich ihr zerzaustes Haar aus dem Gesicht, bevor er seine Lippen wieder auf die ihren legte. Noahs Küsse raubten ihr die Sinne, ließen ihre Gedanken abschweifen und verengten die Welt auf das Gefühl von ihm – die festen Konturen seines Körpers an ihrem. Sie ließ ihre Hände über seinen Rücken gleiten und genoss die straffen Muskeln unter ihren Händen. Er stieß gegen ihren Eingang und seine Berührung erregte sie mehr und mehr. Wieder einmal brachte er sie der Ekstase näher und näher. Sie wölbte ihre Hüften gegen seine und keuchte, als er an ihrem Hals knabberte. Mit einer raschen Bewegung drang er tief in sie ein. Für den Bruchteil einer Sekunde durchzuckte sie ein heftiger Schmerz. Er hielt völlig still, zog sich aber nicht zurück. Sobald sie ihre Augen aufschlug, erkannte sie, dass sein Blick auf dem ihren lag. Sofort ließ der Schmerz nach, als sich ihr Körper an seine Fülle anpasste. Ihr Atem kehrte zurück und alle Anspannung fiel von ihr ab.

Erst dann begann er, sich langsam zu bewegen. Seine Augen fielen wieder zu und ihre folgten. Alles verengte sich auf das Gefühl, wie er in sie eindrang. Das Brennen an ihrem Eingang verblasste und sie wölbte sich ihm entgegen, um seinen Stößen zu folgen. Eine andere Lust baute sich auf, diesmal tiefer, hungriger. Ihre Nägel schrammten über seinen Rücken, als sie an diesem herrlichen Abgrund entlangtanzte. Der süße Druck begann in ihrem Kanal, als sie um ihn herum pochte, und steigerte sich noch, als er seine Hand zwischen sie schob und seinen Daumen über ihre Klitoris kreisen ließ. Sie bäumte sich auf und genoss die Fülle in ihrem Inneren, während sie ihn umklammerte. Seine Hüften stießen heftig gegen ihre, bevor er aufschrie und sich auf sie sinken ließ.

Er verlagerte sein Gewicht auf die Seite, um sie nicht zu erdrücken. Und ihr rasender Atem verlangsamte sich. Schließlich öffnete Lily ihre Augen und drehte ihren Kopf zur Seite. Noah schlug die Augen auf, als sie sich umdrehte. Sein Kopf ruhte auf seinem Ellbogen in den Kissen, während seine andere Hand unter der Wölbung ihrer Brust gelandet war. Er hob seine Hand und strich ihr das Haar aus dem Gesicht. Es war ein ziemliches Durcheinander. Sie musste kichern und wurde von ihm mit einem Lächeln belohnt.

Eine Weile lagen sie so da und schwiegen. Sie dachte darüber nach, wie sie sich fühlte, aber zum ersten Mal in ihrem Leben schaffte sie es, ihren Verstand nicht in sein Hamsterrad der Sorgen und Fragen steigen zu lassen. Er strich mit seiner Hand über ihren Arm und hob schließlich seine Hüfte, um sich langsam aus ihr herauszuziehen. Sie wollte schon widersprechen, aber er schüttelte den Kopf.

„Dir wird kalt. Ich bin gleich wieder da."

Er stand auf und verschwand im Badezimmer, das an ihr Schlafzimmer grenzte. Sie hörte Wasser laufen, bevor er zurückkam. Er hatte sein Kondom entsorgt und hielt einen warmen Waschlappen in der Hand. Sie errötete am ganzen Körper, als er sie vorsichtig abtupfte, bevor er den Lappen ins Waschbecken warf. Ihr Körper war ein Wechselspiel aus Trägheit und überschäumender Energie. Noah musste schmunzeln, als er versuchte, die Bettdecke unter ihr wegzuziehen. Nach einem kurzen Gerangel schaffte er es, die Bettdecke hochzuheben. Der Luftzug stand im Gegensatz zu der Hitze seines Körpers, als er neben ihr ins Bett schlüpfte.

Sein Blick war ernst, als er sie an seine Seite drückte. „Also ..."

Sie sah ihn an. „Zwing mich jetzt bloß nicht, darüber zu reden. Können wir nicht einfach den Augenblick genießen?" Sie hatte nicht die Kraft, das Geschehene in Worte zu fassen. Sie wusste nicht, ob das überhaupt möglich war, aber sie wollte nicht, dass sich die Räder in ihrem Kopf zu schnell in Bewegung setzten.

Eine dunkle Braue wölbte sich nach oben. Nach einem kurzen Schweigen zuckte er mit den Schultern. „Klar, ich kann noch ein bisschen bleiben, aber ich muss dann nach Hause, um nach meiner Mom zu sehen."

Ihr Herz krampfte sich zusammen. Er hatte sie heute Abend um den Verstand gebracht. Sie war körperlich und seelisch so aufgewühlt, dass sie kaum klar denken konnte, und er musste sie daran erinnern, warum er so viel mehr war als nur gutaussehend und verdammt scharf. Sie nickte. „Natürlich. Wenn du gleich los musst ..."

Er unterbrach sie und schüttelte heftig den Kopf. „Sie schläft und das wahrscheinlich schon seit Stunden, aber ich möchte nicht, dass sie alleine aufwacht. Manchmal hat sie schlimme Hustenanfälle. Sie hat zwar einen Inhalator, aber wenn es schlimm wird, braucht sie vielleicht Hilfe, also möchte ich gern in ihrer Nähe sein."

Er sagte das ganz gelassen, aber sie spürte den Schmerz hinter seinen Worten. Es war seltsam, gerade so vertraut mit ihm gewesen zu sein und ihn immer noch nicht richtig zu kennen.

„Aha." Sie überlegte, was sie noch sagen sollte — dass es ihr leidtat, dass er seine Mutter krank sehen und mit ihrem Tod umgehen musste. Aber sie spürte, dass jetzt nicht der richtige Zeitpunkt dafür war. Seine Brust hob und senkte sich mit einem tiefen Atemzug.

Innerhalb von Sekunden hatte sich seine Atmung wieder beruhigt. Sie lag neben ihm, ihre Beine waren mit seinen verschränkt und seine Brust fühlte sich unter ihrer Handfläche warm an. Eine ungeheure Erleichterung machte sich in ihr breit. Sie hatte endlich ihre Jungfräulichkeit abgelegt. Jetzt aber durchströmte sie eine ganz neue Angst. Noah war nicht bloß ein Abenteuer. Der Augenblick im Wald hatte ihr das klargemacht, und er hatte es ihr heute Abend noch einmal deutlich vor Augen geführt. Die Katze in ihr schnurrte fast bei dem Gedanken, aber die vernünftige, menschliche Seite von ihr war sich nicht sicher, wie sie damit umgehen sollte. Ihr Körper war ausgelaugt und der Schlaf übermannte sie.

Stunden später wurde sie wieder wach, als Noahs Lippen in der Dunkelheit auf ihre trafen. Nachdem sie die Augen aufgeschlagen hatte, sah sie ihn angezogen und startklar neben dem Bett stehen. „Ich muss los", flüsterte er in die stille Nacht.

„Hmm, gut."

Nach einem weiteren Kuss verließ er sie mit gedämpften Schritten. Als er die Tür öffnete und wieder schloss, spürte sie den kühlen Luftzug, der hereinwehte.

KAPITEL SIEBEN

Noah wachte durch das Husten seiner Mutter auf, ein Geräusch, das ihm schmerzlich vertraut geworden war. Es zerriss ihn jedes Mal innerlich, weil es ihn daran erinnerte, dass sie krank war und es ihr vielleicht nie wieder bessergehen würde. Er wollte gerade die Decke zur Seite schlagen, doch dann hörte er eine Pause und das deutliche Summen ihres Verneblers. Der Husten hörte auf. Also blieb er ruhig im Bett liegen. Seine Mutter neigte dazu, gefrustet zu sein, wenn er sich zu sehr aufdrängte, also versuchte er, ihr ihren Freiraum zu lassen, wenn es so aussah, als hätte sie alles im Griff. Vor seinem Fenster war das fahle Licht der Morgendämmerung zu sehen. Er hatte ganz vergessen, die Vorhänge zu schließen, als er heute Morgen nach Hause gekommen war. So drehte er seinen Kopf zur Seite und blickte hinaus. Die Sonnenstrahlen streiften die Wipfel der Bäume. Die Balsamtannen waren mit frischem Schnee bestäubt, der in der Nacht gefallen war. Ein Kardinal flog zum Futterhäuschen hinter dem Haus, ein fröhlicher roter Funke in der weißen Landschaft.

Lily – genauer gesagt, ihre Berglöwin, so geschmeidig und sinnlich – tauchte in seinen Gedanken auf. Ein urwüchsiges Gefühl regte sich in ihm. Als er an die letzte Nacht dachte, erwachte sein Körper zum Leben. Er konnte die Tatsache, dass sie noch Jungfrau war, nicht ganz begreifen. Die Art, wie sie sich gegeben hatte – wild und hingebungsvoll –, hatte ihn fast umgehauen. Hätte er sie nicht gestern im Wald gesehen, wo sein Berglöwe die Kontrolle übernommen hatte, hätte er es sich vielleicht gestern Abend anders überlegt, als sie ihm eröffnet hatte, sie sei noch Jungfrau. Er hatte kurz gezweifelt, aber dann hatte sie ihre Hände um seinen Schwanz geschlungen. Ihre strahlend blauen Augen, die ihn durch ihre Wimpern hindurch beobachtet hatten, hatten jeden Widerstand im Keim erstickt. Schließlich schlug er die Decke zurück und begab sich unter die Dusche. Mit einem steifen Schwanz und ganz ohne Lily in der Nähe gab es keinen Grund zum Faulenzen im Bett.

Ein paar Stunden später trat er den Schnee von seinen Stiefeln, als er durch die Tür von Roxanne's Country Store trat. Der Duft von frisch gebackenem Brot und Kaffee führte ihn direkt in den hinteren Bereich des Ladens. Während er auf Roxanne wartete, hörte er das Summen der Gespräche um ihn herum. Sie schob sich durch die Schwingtür nach hinten und lächelte breit, sobald sie ihn sah.

„Hey Noah! Kaffee?", fragte sie und ihr blonder Pferdeschwanz wirbelte in einem Bogen herum, als sie sich beim Ertönen des Backofensummers umdrehte. Sie wendete schnell ein paar Brote im Ofen und richtete ihre Aufmerksamkeit anschließend wieder auf ihn.

„Kaffee geht immer", antwortete er neckisch.

Roxanne kicherte, während sie schnell eine Tasse nahm und sie für ihn füllte. „Reine Gewohnheit. Ich frage immer, auch wenn ich die Antwort fast immer weiß." Sie hielt inne und ihre Augen verengten sich. „Bist du gestern Abend zufällig mit Lily North aus dem Trailhead gekommen?"

Noah nahm einen Schluck Kaffee und lehnte seine Hüfte gegen den Tresen. Catamount war so klein, dass es schwer war, irgendetwas geheim zu halten. Er wünschte, er wüsste, wie Lily darüber dachte, denn wenn es nach ihm ginge, könnte die ganze Welt wissen, dass sie zusammen waren. Aber die Tiefe seiner Gefühle, wenn es um sein Shifter-Ich ging, und die Lebenswirklichkeit stimmten nicht immer überein. Er wusste, dass sie für ihn bestimmt war, aber er war sich nicht ganz sicher, wie sie von der überwältigenden Nähe der letzten Nacht zu einer festen Beziehung kommen sollten. Ganz zu schweigen davon, dass er nicht gerade viel Erfahrung mit romantischen Beziehungen hatte – und zwar überhaupt keine. Während seine Löwenseite die Neuigkeiten begeistert aufgenommen hatte, plagten ihn auf der menschlichen Seite Zweifel und Unsicherheit. Menschliche Gefühle waren meist mit Komplikationen verbunden.

Er begegnete Roxannes freundlichem, humorvollem Blick und zuckte mit den Schultern. „Vielleicht."

Roxanne stemmte die Hände in die Hüften und blickte ihn an. „Du kannst mich doch nicht so abfertigen. Lily ist eine meiner besten Freundinnen. Ich will ja keine Einzelheiten. Gail Anderson hat mir erzählt, dass sie dich mit Lily auf dem Parkplatz gesehen hat. Und wenn Gail sich schon fragt, was da los ist, dann werden sich das sicher bald auch alle anderen fragen. Klatsch und Tratsch sind hier wie ein Buschfeuer – das kannst du nicht aufhalten. Um auf meinen Punkt zurückzukommen: Ich möchte Lily irgendwie beschützen, also bist du besser ehrlich zu mir."

Noah nahm einen weiteren kräftigen Schluck Kaffee. Er schätzte Roxanne, deshalb hatte ihm zu denken gegeben, dass sie Lily beschützen wollte. „Also gut, ja. Wir haben dort gegessen." Dann überlegte er, was er noch sagen sollte. Zu sagen, dass er mit Lily unerforschtes Terrain betrat, würde nicht annähernd ausdrücken, wie durcheinander er sich fühlte. An dem Morgen, an dem er in die Stadt gefahren war, um seine Mutter zu ihrem Chemotermin abzuholen, waren seine Gedanken und sein Herz fest dort verankert, wo sie schon seit Jahren gewesen waren. Romantik und Bindungen jeglicher Art waren nichts für ihn. Die Ehe seiner Eltern hatte nichts als Abneigung gegen die bloße Vorstellung hinterlassen. Dann hatte er angehalten, um Lily mit ihrem Reifen zu helfen. Und plötzlich kam Schwung in die Sache und das Verlangen überrollte ihn. Noch gestern hatte er gedacht, dass er alles in den Griff bekommen würde. Es war ja nicht so, als hätte er noch nie gelegentliche Affären gehabt, aber das waren eben immer Affären – ohne das Risiko, dass mehr daraus werden könnte. Als er gestern Nachmittag durch den Wald gestreift war und Lily durch die Bäume gesehen hatte, war seine Welt aus den Fugen geraten. Nun konnte er sich nichts anderes vorstellen, als dass sie ihm gehörte ... ganz und gar. Jetzt musste er sich bloß überlegen, wie er damit umgehen sollte. Im grellen, kalten Tageslicht fragte er sich, ob er nicht schon halb verrückt geworden war.

Roxanne musste etwas an seinem Gesichtsausdruck bemerkt haben. Ihr Blick wurde sanfter. „Ah, so ist das also."

Noah trat von einem Fuß auf den anderen und nahm einen weiteren Schluck Kaffee. Bei diesem

Tempo würde er in Rekordzeit eine weitere Tasse brauchen. „Was meinst du?"

„Ich meine, dass du aussiehst, als hätte man dir eins über den Schädel gezogen. Lily ist ziemlich beeindruckend. Sie hat ein Herz aus Gold und verdient einen guten Kerl wie dich. Solange du einen klaren Kopf bewahrst und keine Dummheiten machst. Vor allem, wenn du bloß vorhast, mit ihr rumzumachen." In Roxannes Tonfall schwang eine Warnung mit.

Er schüttelte den Kopf. „Mach dir keine Sorgen. Ich versuche bloß herauszufinden, wie ich damit umgehen soll. Ich habe nicht ..." Er hielt inne und räusperte sich. „... mit Lily gerechnet. Ehrlich gesagt, vielleicht könntest du mir ja einen Rat geben."

Roxanne lächelte reumütig. „Sei einfach gut zu Lily. Wenn nicht, trete ich dir ordentlich in den Arsch. Und ihr Bruder auch."

Noah nickte. „Also gut. Wie wäre es mit einer weiteren Tasse Kaffee?" Er hielt seine leere Tasse hoch.

Nachdem Roxanne seinen Kaffee nachgefüllt hatte, suchte er sich einen Tisch und blätterte ein paar Minuten in der Zeitung. Als er kurz darauf nach Hause fuhr, fiel ihm auf, dass ihm ein grauer Pickup folgte. Er verlangsamte sein Tempo, um Kirk Hogan auf dem Fahrersitz zu erkennen. Plötzlich klingelte sein Handy und unterbrach das Radio. Als er abnahm, ertönte die Stimme von Jake North aus den Lautsprechern seines Trucks. Er spürte einen Anflug von Erleichterung. Er hatte zwar keine Angst vor Kirk, aber er wollte, dass jemand wusste, dass Kirk ihm folgte.

„Noah, ich bin's, Jake."

„Hallo. Gut, dass du anrufst. Kirk Hogan scheint mir nach Hause zu folgen."

Noah hörte ein lautes Schlurfen und dann wieder Jakes Stimme. „Ich gehe eben aus dem Büro. Ich komme gleich hoch. Hast du ihn irgendwo gesehen?"

„Nein. Ich bin vor ein paar Minuten bei Roxanne losgefahren und er ist auf einmal hinter mir aufgetaucht. Du brauchst nicht zu kommen. Mit dem werde ich schon fertig."

Im Hintergrund schlug eine Tür zu. „Da bin ich mir sicher, aber ein wenig Unterstützung kann nicht schaden. Sag mir doch noch mal, wo das Haus deiner Mom ist."

Nachdem Noah ihm den Weg beschrieben hatte, legte Jake auf. Noah hatte nicht mit dem Gedanken gespielt, nicht nach Hause zu fahren, da Kirk genau wusste, wo seine Mutter wohnte. Er war zwar stinksauer, aber er wollte sich lieber Kirks Machenschaften stellen. Einen Augenblick später bog er in die Einfahrt ein. Kirk fuhr forsch hinter ihm hinein und parkte an der Seite.

Nachdem Noah aus seinem Truck ausgestiegen war, begab er sich zu Kirks Wagen. Kirk lehnte schon an seinem Wagen, als er ausstieg. Kirks Augen waren schlammig braun und blickten dreist drein. Sein braunes Haar war zerzaust. Er war ein paar Zentimeter kleiner als Noah. Als Noah sich ihm näherte, verlor Kirks Starren an Kraft. Noah hatte das Gefühl, einen Mann vor sich zu haben, der in seinem Leben ein paar Mal zu oft auf die schiefe Bahn geraten war und sich mit allen Mitteln durchzuschlagen versuchte.

Ein paar Schritte vor Kirk kam Noah zum Stehen und wartete. Kirks verwegene Fassade bekam in der Stille deutliche Risse. Da kündigte das Geräusch von Reifen auf Schotter die Ankunft von Jake an. Jake hielt abrupt hinter Kirks Truck an und versperrte ihm somit den Weg.

„Also Kirk, was zum Teufel ist hier los?", fragte Jake mit einem Anflug von Ärger in der Stimme, während er rasch auf die beiden zuging.

Kirk sah zwischen Noah und Jake hin und her und verdrehte die Augen. „Ihr haltet euch wohl für sowas von abgebrüht. Beschäftigt euch damit, die Shifter von Catamount zu beschützen. Aber wen kümmert das schon? Manche von uns haben keine Lust, ständig unser Vermächtnis und den ganzen Scheiß zu beschützen. Ich würde gerne gutes Geld mit meinen Fähigkeiten verdienen, und damit stehe ich nicht alleine da. Warum haltet ihr euch nicht einfach zurück und lasst es gut sein? Wer hat euch überhaupt auf mich angesetzt?"

Noah warf einen Blick auf Jake und dann wieder auf Kirk. „Vielleicht ist es einigen Shiftern egal, aber dieses Schmugglernetzwerk bekommt schon jetzt viel zu viel Aufmerksamkeit von den Gesetzeshütern. Wenn die falschen Leute davon Wind bekommen, wirst du dir die Zeit zurückwünschen, in der Shifter bloß eine Legende waren. Hast du eigentlich schon mal darüber nachgedacht, was es bedeuten könnte, wenn die Regierung herausfindet, wer wir sind und was wir tun können? Wir könnten überwacht, aufgespürt, kontrolliert und vieles mehr werden. Glaub mir. Ich war jahrelang bei den Special Forces. Ich weiß viel besser als mir lieb ist, was die Regierung zu tun bereit ist, wenn sie das Gefühl hat, dass wir eine Bedrohung darstellen. Shifter müssen nicht unbedingt zur Gefahr erklärt werden."

Kirk grinste und warf Jake einen Blick zu. „Nur, weil du dich mit Dane und Hank und deinem Gründerfamilienscheiß aufspielst, heißt das noch lange nicht, dass du hier das Sagen hast."

Noah sah Jake an und verstand, worauf er hinauswollte. Sie hatten sich schon Gedanken über Callens Familie gemacht. Es gab vier Gründerfamilien von Shiftern. Die Familie von Lily und Jake, die Norths; die Familie von Dane und Shana, die Ashworths; die Familie von Roxanne, die Morgans; und die Familie von Callen, die Peytons. Von diesen vier waren die Peytons lange Zeit die, die am lautesten über die Nutzung von Shifterkräften gesprochen hatten. Callens Tod hatte eine Kluft in der Shiftercommunity aufgerissen, denn die Shifter, die den Peytons nahestanden, rückten zusammen und verkündeten, dass andere Familienmitglieder auf keinen Fall in die Sache verwickelt sein konnten. Dann war Randall wegen der Entführung von Danes Verlobter verhaftet worden. Und jetzt wurde Brad, der letzte noch lebende Bruder, der nicht im Gefängnis saß, mit Kirk in Verbindung gebracht.

Die letzte Frage war, ob Wallace Peyton, der Vater von allen, darin verwickelt war. Wallace war ein Politprofi. Vor einiger Zeit war er viele Jahre lang Bürgermeister von Catamount gewesen. Er hatte das Holzfällergeschäft der Familie geleitet und hatte das mächtige Vermögen, das seine Vorfahren in der Blütezeit der Holzindustrie erwirtschaftet hatten, nicht aus der Hand gegeben. Wallace würde Kirks Prahlerei gar nicht gefallen. Er hielt gerne die Fäden in der Hand. Seit Callens Tod und Randalls Verhaftung hatte er sich bedeckt gehalten und darauf bestanden, dass Callen abtrünnig geworden war und seinen jüngeren, leichtgläubigen Bruder dazu überredet hatte, sich ihm anzuschließen.

Jake zuckte mit den Schultern als Antwort auf Kirks Bemerkung. „Willst du uns damit sagen, dass Wallace Peyton die Geschäfte des Schmuggelnetzwerks hier in der Gegend leitet?"

Kirks Augen weiteten sich. Auch wenn er den Eindruck erwecken wollte, dass er ein gewichtiges Wort mitreden konnte, wusste er doch genau, dass Wallace nicht wollte, dass irgendjemand auf die Idee kam, ihn damit in Verbindung zu bringen. Er schüttelte den Kopf. „Nein", stotterte er. „Ich will damit nur sagen, dass nicht alle diese ganze Heimlichtuerei für eine gute Idee halten. Wir haben Möglichkeiten, unsere Kräfte zu nutzen, um richtig Geld zu machen. Dabei tun wir niemandem weh. Drogen werden verkauft und geschmuggelt, egal ob Shifter daran beteiligt sind oder nicht." Seine Augen verengten sich wieder, als er zwischen Noah und Jake hin und her blickte. „Ihr habt doch selbst gesehen, was mit Chloe passiert ist. Gebt nicht mir die Schuld, wenn sie hinter euch und euren Familien her sind." Sein Blick glitt in Richtung des Hauses, wo Noahs Mutter am Fenster stand.

Noah geriet außer sich vor Wut. Er hatte die Nase voll. Er machte einen schnellen Schritt, seine Hand schloss sich um Kirks Hals und hob ihn in die Luft. Dann drückte er Kirk gegen den Truck und lockerte seinen Griff gerade so weit, dass Kirk wieder Luft bekam. „Leg dich niemals mit meiner Familie an. Verstanden? Meine Familie ist vielleicht der Abschaum der Stadt, aber ich weiß verdammt gut, dass die meisten Shifter hier nichts mit eurem Dreck zu tun haben wollen. Wenn du die Leute weiter so unter Druck setzt, wirst du das noch bereuen."

Kirk trat mit den Füßen aus und versuchte, Noahs Hand von sich zu reißen. Doch Noah blieb standhaft und stemmte seinen Ellbogen gegen Kirks Brust. Dann lockerte er seinen Griff und ließ Kirk zu Boden gleiten. Kirk ließ sich gegen die Seite des Trucks sinken und funkelte Noah mit Argusaugen an. Jake hatte zu all dem geschwiegen. Als Noah einen Blick in seine Richtung warf, sah er die kaum gebändigte Wut in Jakes Augen aufblitzen, aber er hielt still, beobachtete und wartete. Als sie dort in der eisigen Luft standen, fuhr ein weiteres Auto am Haus vorbei. Noah erkannte es sofort. Wallace Peyton war der Einzige in der Stadt, der einen voll aufgemotzten Cadillac fuhr, ein völlig unpraktisches Auto in Maine.

Kirks Blick schweifte von dem langsam vorbeifahrenden Auto zu Jake und dann zu Noah. Dann fluchte er, wandelte sich und rannte in den Wald. Jake zögerte nicht lange, wandelte sich ebenfalls und rannte los. Noah sah seiner Mutter durch das Fenster in die Augen. Sie deutete mit einem Nicken in Richtung Kirk. Also wandelte sich auch Noah und rannte hinter Kirk und Jake her.

Noah schloss schnell zu Jake auf. Jake schien seine Geschwindigkeit genau abzuschätzen und hielt einen bestimmten Abstand zu Kirk. Noah passte sich seinem Tempo an. Kirk schlug sich durch die Bäume und wedelte mit der schwarzen Spitze seines Schwanzes. Schnee wirbelte um sie herum auf, als sie durch den Wald hüpften. Noahs Fell wiegte sich im Wind, der durch den Wald wehte. Sie sahen, wie Kirk sich herumdrehte und aus dem Blickfeld verschwand. Noah schoss voran, um einen Blick auf Kirk zu erhaschen, der am Rande eines verlassenen Steinbruchs entlanglief. Als er eine kleine Anhöhe erklomm, war er wieder in Sichtweite, doch er schien zu glauben, dass er sie verloren hatte, als er langsamer wurde.

Nach ein paar weiteren Minuten lichtete sich der Wald und sie näherten sich dem hinteren Ende von Wallace Peytons Grundstück. Noah und Jake hielten an, wo sie von den Bäumen abgeschirmt wurden. Kirk näherte sich einer Scheune und nahm wieder die menschliche Gestalt an, bevor er in die Scheune schlüpfte. Jake schüttelte den Kopf und deutete in den Wald. Schweigend begaben sie sich auf ihren kurzen Sprint zurück.

———

Kurze Zeit später lehnte Noah am Tresen in der Küche seiner Mutter. Carol hatte darauf bestanden, Jake, der am Küchentisch saß, einen Kaffee anzubieten.

Seine Mutter blickte zwischen ihm und Jake hin und her. „Ich hätte gewettet, dass Wallace Peyton hinter all dem steckt", meinte sie unverblümt.

Noah warf ihr einen Blick zu und nahm einen Schluck Kaffee, bevor er sich an Jake wandte. „Meine Mom hält sich bedeckt, aber normalerweise weiß sie viel mehr, als sie zugibt." Dann drehte er sich zu seiner Mutter um. „Würdest du uns bitte aufklären?"

Carol lächelte sanft. „Oh, ich kann nichts Besonderes berichten, aber ich bin mit Wallace zur Schule gegangen. Er wollte immer der Größte sein. Ich hätte nie gedacht, dass Bürgermeister zu sein und Geld zu erben ihn zufrieden stellen würde. Er ist schon immer hinterhältig gewesen und hat sich stets geschickt aus der Affäre gezogen. Er war auch dafür bekannt, dass er sich darüber ausgelassen hat, dass Shifter so viel mehr hätten haben können, wenn sie sich nicht davor gescheut hätten, an die Öffentlichkeit zu gehen. Als Callen mit dir auf der Highschool war, war er genauso. Mehr kann ich dazu gar nicht sagen. Wallace hat wahrscheinlich nicht widerstehen können, als er davon erfahren hat."

Jake sah sie nachdenklich an. „Komisch, aber die

meisten schrecken davor zurück, viel über Wallace zu sagen."

Carol zuckte mit den Schultern. „Das ist einfacher, wenn man nicht viel zu verlieren hat", antwortete sie. „Ich muss mir keine Sorgen machen, dass er sich über mich das Maul zerreißt. Ich war schon zu lange mit dem größten Idioten der Stadt verheiratet. Wallace beachtet mich doch nicht mal."

„Mom ..." Noah wollte etwas sagen, aber sie machte eine abwinkende Handbewegung.

„Ach Schatz, mach dir keine Sorgen um mich. Ich bin da ganz realistisch. Ich bin derzeit einfach nur glücklich. Du bist zu Hause und mein Leben ist friedvoll. Aber was auch immer du tust, sei vorsichtig, wenn du Wallace verfolgst."

Noah trat an die Seite seiner Mutter und umarmte sie rasch. Dann schluckte er gegen die Enge in seiner Kehle an. Er wollte nicht, dass Jake sah, wie er die Fassung verlor.

Als er zurücktrat, um sich am Tresen abzustützen, wirkte Jake gefasst. Er begegnete Noahs Blick. „Deine Mom ist schlauer als wir. Mir ist erst vor kurzem in den Sinn gekommen, dass Wallace etwas damit zu tun haben könnte. Ich habe wohl nicht erwartet, dass er sich die Hände schmutzig machen würde."

Carol schüttelte den Kopf. „Er würde nicht wollen, dass irgendjemand davon Wind bekommt, aber der Wallace, den ich kenne, würde gerne den Eindruck erwecken, dass er mit etwas davongekommen ist, besonders wenn es um Geld geht."

KAPITEL ACHT

Lily lehnte ihren Kopf auf dem Sofa zurück und betrachtete die Decke, die mit einem Holz verkleidet war, das eine faszinierende Vielzahl von Ästen aufwies. Sie konnte stundenlang darauf starren und ziellos die Astlöcher zählen, während sie vergeblich versuchte, ihre Gedanken von Noah abzulenken. Doch selbst wenn sie sich bemühte, an irgendetwas anderes zu denken, wurden ihre Gedanken von der Erinnerung an die letzte Nacht abgelenkt. Wie sich seine Hände auf ihrer Haut angefühlt hatten, seine Lippen auf ihrem Körper und das Gefühl, ihn in sich zu spüren – allein bei der Vorstellung daran errötete ihr Körper.

„Verdammt!" Abrupt stand sie auf und begann planlos mit dem Aufräumen des Wohnzimmers.

Noah hatte sie gestern angerufen, und sie hatte seinen Anruf auf die Mailbox gehen lassen. Sie war sich nicht ganz sicher, wie sie ihm gegenübertreten sollte. Das Geschehene hatte sie so aufgewühlt, dass sie nicht wusste, was sie tun sollte. All die Jahre hatte sie versucht, ihre Jungfräulichkeit abzulegen, und nun hatte sie es endlich geschafft. Nun war sie so aufgewühlt wegen ihrer Gefühle für Noah, dass sie sich vor Angst nicht mehr einkriegen konnte. Da sie nur wenig Erfahrung mit Männern hatte, konnte sie nicht behaupten, dass sie genau wusste, was sie zu erwarten hatte, aber sie fand es nicht gewöhnlich, so sehr in jemanden verliebt zu sein, dass es schon an Wahnsinn grenzte. Nicht auszudenken, was Noah wohl darüber dachte. Die Katze in ihr wusste, dass das, was zwischen ihnen geschehen war, kein Zufall sein konnte, aber das kalte Licht des Tages machte es schwer, sich daran zu erinnern.

Noah hatte ihr gestern zwei Nachrichten hinterlassen und heute Morgen eine weitere. Trotzdem hatte sie immer noch nicht den Mut aufgebracht, ihn zurückzurufen. Schon allein deshalb kam sie sich bescheuert vor. Plötzlich klopfte es heftig an ihrer Tür. Es war Abend, aber schon dunkel, da sie schon mitten im Winter angekommen waren. Sie machte sich auf den Weg zur Tür. Als sie sie öffnete, stand Noah da, die Hand erhoben, als wollte er erneut klopfen. In dem Augenblick, als sie ihn sah, war es, als wäre in ihr ein Schalter umgelegt worden. Hitze durchströmte sie und ihr Bauch krampfte sich zusammen.

Seine bernsteinfarbenen Augen schweiften über ihr Gesicht. Er hielt still, als ob er sich selbst zurückhalten wollte. „Darf ich reinkommen?"

Sie nickte und trat einen Schritt von der Tür zurück. Mit ihm wehte ein eisiger Luftzug herein und verwirbelte lose Schneeflocken, als sie die Tür schloss. Sie trat an die Küchenzeile, da sie etwas brauchte, woran sie sich anlehnen konnte, um sich aufrecht zu halten.

Er folgte ihr und stand mit zerzausten dunklen Haaren vor ihr. Dabei sah er nicht weg, sein Blick hielt sie fest. Ihr Puls beschleunigte sich. So versuchte sie zu überlegen, was sie sagen sollte.

Plötzlich durchbrach seine Stimme die Stille. „Habe ich da neulich etwas missverstanden?"

In seinen Augen lag ein Schimmer von Unsicherheit und Verwirrung.

Obwohl sie die Erste war, die sich eingestehen musste, dass sie keine Ahnung hatte, wie sie mit ihren Gefühlen umgehen sollte, fühlte sie sich plötzlich schlecht, weil sie seinen Anrufen aus dem Weg gegangen war.

„Nein! Ich wollte nur ... na ja ..." Sie errötete, zwang sich aber, weiter zu reden. „Das ist alles noch ganz neu für mich, falls dir das noch nicht aufgefallen ist. Als du gestern angerufen hast, war ich mir nicht sicher, was ich sagen sollte, weil ich dich doch noch nicht so gut kenne und ich weiß nicht wirklich, was du willst und ..." Ihre Worte sprudelten so schnell aus ihr heraus, dass sie innehalten und nach Luft schnappen musste.

Noahs Blick wurde etwas sanfter. Seine Schultern hoben und senkten sich mit einem tiefen Atemzug. „Für mich ist das alles nicht neu, aber irgendwie schon. Vielleicht kennen wir einander einfach noch nicht so gut, wie man das normalerweise tut. Ich weiß bloß, dass mir das ziemlich einerlei ist, weil ich dich eben so gut kenne, wie das für mich wichtig ist." Seine Worte klangen rau und unverblümt.

Diese Worte durchbrachen endlich das Durcheinander in ihrem Kopf. Der Angstknoten in ihrer Brust verengte sich und löste sich gleichzeitig, und ein Glücksgefühl durchzuckte sie. Ihr Herz krampfte sich zusammen. Und Verlangen breitete sich in ihr aus. Die Luft um sie herum fühlte sich lebendig an und flirrte in ihrer geballten Kraft. Seine Gegenwart ließ sie nach

Atem ringen. Hitze breitete sich wie ein Lauffeuer in ihren Gliedern aus.

Verloren in den Gefühlen und gleichzeitig außerstande, diese in Worte zu fassen, teilte sie ihm ihre Gefühle auf die einzige Weise mit, die sie kannte. Sie trat näher an ihn heran. Er duftete nach Schnee und Rauch. Seine Jacke stand offen und sie legte ihre Handflächen auf seine Brust, ließ sie nach oben gleiten, wobei eine über seinem Herzschlag innehielt, bevor sie ihm die Jacke von den Schultern schob und sich hochbeugte, um ihn zu küssen. Er zögerte nicht, sein Mund traf auf ihren – geöffnet und glühend heiß. Er küsste sie leidenschaftlich und hungrig. Sie spürte dieses Ziehen von innen heraus und tauchte ein in die Flammen, die in ihnen und um sie herum loderten.

Noahs starke Arme legten sich um sie und hoben sie mühelos hoch. Er setzte sie auf den Tresen und ließ seine Handflächen über ihre Schenkel gleiten, bevor er sie entschlossen auseinander drückte, als er zwischen sie trat. Die Hitze seiner Handflächen drang durch den Jeansstoff, der ihre Beine umhüllte. Feuchte Hitze sammelte sich zwischen ihren Schenkeln. Ihr Puls raste unkontrolliert, ihr Atem beschleunigte sich. Seine Handflächen bewegten sich weiter, umschlangen ihre Hüften und die zarte Haut gab unter dem Druck nach. Eine Gänsehaut legte sich über ihre Haut, als seine Hände unter die weiche Baumwolle ihres Shirts glitten, ihre Seiten hinauffuhren und seine Daumen ihre Brustwarzen durch die Spitze ihres BHs streichelten. Ohne Pause schoben seine Hände ihr Shirt nach oben, bis er es ihr über den Kopf zog. Mit einem Ruck segelte es quer durch die Küche.

Das Verlangen pochte in ihr. Er hatte ihr lediglich das Shirt ausgezogen, und sie wurde fast verrückt. Als sie aufblickte, sah sie seine Augen, die auf sie warteten.

Ohne ein Wort zu sagen, schob er seinen Daumen unter den Verschluss zwischen ihren Brüsten und öffnete ihn. Ihre Brüste sprangen hervor, schwer und begierig nach seiner Berührung. Da trat er zurück und sie fühlte sich leer, weil er nicht mehr da war. Ein leises Wimmern entkam ihren Lippen. Schlagartig streifte auch er sein Shirt ab. Es landete neben ihrem auf dem Boden, bevor er wieder zwischen ihre Beine trat. Dann packte er ihren Po und zog sie an sich. Das Gefühl seiner harten, erhitzten Länge gegen die feuchte Hitze zwischen ihren Schenkeln ließ eine heftige Welle der Lust durch sie schießen.

„Ich habe deine Haut spüren müssen", stellte er mit tiefer und fester Stimme fest, während seine Hände ihren Rücken hinauffuhren.

Sie krümmte sich wie die Katze, die sie war, in seiner Berührung und schnappte nach Luft, als sie seine harten Muskeln an ihren Brüsten spürte. Das Verlangen durchflutete sie mit überwältigender Kraft. Sie konnte ihm nicht schnell genug nahekommen. Wieder trafen Noahs Lippen in einem heißen, feuchten Kuss auf die ihren. Ihre Hände wanderten über seinen Körper, ihre Beine schlossen sich um seine Hüften, während sie sich gegen ihn stemmte. Nachdem sie sich jahrelang gefragt hatte, was sie wohl verpasst hatte, konnte sie plötzlich nicht mehr ohne ihn sein. Ihr Lustkanal pochte und sie sehnte sich danach, ihn wieder in sich zu spüren. Da löste er seinen Mund von ihrem, Lippen, Zunge und Zähne wanderten ihren Hals hinunter zu ihren Brüsten. Er neckte sie zuerst mit sanften Kniffen und umkreiste ihre Brustwarzen mit seiner Zunge, bevor er schließlich erst die eine und dann die andere in seinen Mund nahm. Sie schrie auf, als sie einen scharfen, süßen Schmerz verspürte, sobald er zubiss. Die Spannung nahm immer weiter zu und zog sie immer fester in sich zusammen.

Mit ihrer Hand strich sie an seinem harten Glied entlang und genoss sein Stöhnen, als sie seinen Hosenstall aufknöpfte und ihre Hand hineinschob. Bevor er sie aufhalten konnte, löste sie sich aus seinen Armen und rutschte von der Theke. Obwohl sie erst einmal mit ihm zusammen gewesen war, konnte sie spüren, dass er daran gewöhnt war, die Kontrolle zu behalten und das Geschehen zu lenken. Er wollte gerade wegtreten, als sie ihn an den Hüften packte. „Nein! Das möchte ich jetzt unbedingt erleben." Sie wollte herausfinden, wie es sich anfühlte, seinen Schwanz zu schmecken.

Sie bewegte sich zu schnell, als dass er sie aufhalten konnte, kniete sich vor ihn und schob seine Jeans weit genug herunter, um ihn zu befreien. Vorfreude und Aufregung pulsierten in ihr. Ihre mangelnde Erfahrung ließ sie kurz innehalten, aber das wischte sie beiseite. Als sie seine Länge auf und abstrich, stöhnte er auf und ließ seinen Kopf nach hinten sinken.

„Lily, du musst nicht ..."

Sie schenkte ihm jedoch keine Beachtung und strich schnell mit ihrer Zunge an der Unterseite seines Schwanzes entlang, bevor sie ihn in den Mund nahm. Dann erkundete sie seine Länge und streichelte dabei auf und ab, so tief wie sie nur konnte. Sie nahm den feinen, salzigen Geruch seines Spermas wahr. Plötzlich pulsierte er in ihr, trat zurück und hob sie sanft hoch. Er war so stark, dass er sie mit einem Arm festhielt und mit dem anderen an ihrer Jeans zerrte. Als sie frei war, zog sie sie mit einem Fußtritt aus.

Der Granit des Küchentresens fühlte sich kühl an ihrem Po an. Dann begegnete ihr sein Blick. Der Anblick seiner Erregung, die so unverhohlen war, ließ ihren Kanal vor Verlangen pochen. Unter seinem bernsteinfarbenen Blick durchfuhr sie ein heißer Schauer, als er einen Finger in ihren Spalt schob und begann, sie immer weiter zu reizen. Er streichelte ihr Inneres, seine Finger glitten hinein und heraus, sein Daumen fuhr über ihre Klitoris, die Berührung reichte gerade aus, um sie rasend vor Lust zu machen, aber nicht genug, um sie zu erlösen. Alles verengte sich auf die Empfindung, auf das Gefühl von Noahs hartem Körper, auf seine Finger, die sie immer wilder machten und die Schrauben der Begierde anzogen, bis sie sich winden und flehen musste. Erst dann beugte er sich zu ihr hinunter und presste seinen Mund auf sie, saugte schnell an ihrem Kitzler und umspielte ihn mit seiner Zunge. Ihr Höhepunkt kam in einem lauten Ausbruch, als sie sich gegen seinen Mund stemmte.

Nur das Gefühl seiner Hände, die sich um ihre Hüfte legten, ließ sie die Augen öffnen. Er kramte in seiner Tasche, seine Jeans saß tief auf den Hüften. Der Anblick seines Schwanzes und das Wissen, wie es sich anfühlte, ihn in sich zu haben, erfüllte sie mit heftigem Verlangen. Er zog ein Kondom über, ohne dass sein Blick von ihrem wich. Dann trat er zwischen ihre Schenkel und schob seine Hände unter ihren Po, um sie an den Rand des Tresens zu ziehen. Schließlich stieß er in sie hinein. Bei diesem Gefühl keuchte sie auf. Wieder einmal hatte er es nicht eilig, obwohl sie sich fast verzweifelt nach ihm sehnte. Mit einer Hand hielt er ihre Hüften fest und mit der anderen zog er seine Eichel durch ihre Schamlippen, die durch ihren Orgasmus so empfindsam geworden waren, dass die Lust immer wieder aufflammte, bis sie vor Verlangen ganz wild wurde.

„Noah ... bitte ...“

„Ja ...", flüsterte er mit fast ehrfürchtiger Stimme, während er in ihr wogte.

Sie spürte, dass er sich zurückhalten wollte, um sanft zu sein. Aber das wollte sie ganz und gar nicht. Sie schmiegte sich enger an ihn, genoss das Gefühl seines muskulösen Körpers an ihr und schlang ihre Beine um seine Hüften. Dabei zog sie ihn näher an sich heran und ließ ihre Hände über seinen Rücken gleiten, wobei ihre Nägel Spuren in seiner Haut hinterließen. Er knurrte, sein Mund war an ihrem Ohr und der Hauch seines Atems jagte ihr einen heißen Schauer über den Rücken. Seine Stöße verstärkten sich, seine Hüften hämmerten auf sie ein. Der Druck in ihrem Inneren wurde durch das Beugen und Dehnen, das Stoßen und Ziehen in ihr etwas gelindert. Unter ihrer Berührung spannten sich seine Muskeln an, und bei jedem Stoß pulsierte die Kraft in ihm. Schließlich ließ er eine Hand dorthin gleiten, wo sie verbunden waren, und sein Daumen umkreiste ihre Klitoris. Einmal und dann zweimal, und sie schrie auf, als ein weiterer Orgasmus über sie hereinbrach und sie in Wellen durchströmte.

Noahs Kopf fiel auf ihre Schulter und flog dann zurück, als er ein letztes Mal in sie stieß. Sie spürte seinen Puls in sich, während er sich gegen sie stemmte. Das Geräusch ihres stoßweisen Atems umgab sie. Dann schmiegte sie sich in seine Umarmung und lauschte dem Schlag seines Herzens an ihrem Ohr.

Hier – in diesem Raum, in dem ihr Verstand nicht versuchte, das zu verdrängen, was ihre Sinne und ihre Seele längst wussten – fühlte sie sich mehr zu Hause, mehr in Frieden als je zuvor. Sie hatte keine Ahnung, wie viel Zeit vergangen war. Noah hob seinen Kopf. Kühle Luft drang zwischen sie und sie fröstelte.

Noah stand an der Theke in Roxanne's Country Store und wartete, während Roxanne ihm eine Tasse Kaffee einschenkte. Dann steckte sie einen Stift in ihr Haar, stemmte eine Hand in die Hüfte und wölbte eine Augenbraue.

„Was?", fragte er schließlich.

„Ich bin heute Morgen deiner Mom begegnet. Ich war im Krankenhaus, um meine Mom zu einer Routineuntersuchung zu bringen, und sie hat dort im Wartezimmer gesessen. Sie glaubt, dass du in Lily verliebt bist. Hattest du eigentlich vor, mir gegenüber noch etwas über Lily zu erwähnen?" Ihre blauen Augen funkelten herausfordernd.

Noah errötete und trat von einem Fuß auf den anderen. „Verdammt, ich habe wohl das Memo verpasst, dass ich mich bei dir melden soll." Er ärgerte sich über diese Fragen, da er es gewohnt war, sein Privatleben für sich zu behalten.

Roxanne funkelte ihn an. „Du musst dich doch nicht bei mir melden, aber vielleicht kannst du mich aufklären. Ich habe dir doch gesagt, dass sie eine meiner besten Freundinnen ist. Wenn deine Mom recht hat, dann würde ich mich riesig darüber freuen." Dann hielt sie inne und ihr Blick wurde von Sorge überschattet. „Ich habe dir schon erzählt, dass ich Lily beschützen möchte. Sie ist ein ziemlich verschlossener Mensch und tut nichts leichtfertig. Ihre Familie ist hier oft einfach übermächtig, sodass sie in der Menge untergeht. Ich möchte wirklich nicht aufdringlich erscheinen, aber ich möchte einfach verhindern, dass sie verletzt wird. Ich glaube nicht, dass du vorhast, sie zu verletzen ..."

Noah wurde klar, dass er sich über Roxanne

ärgerte, weil sie versuchte, Lily vor ihm zu schützen, obwohl er nie auf die Idee gekommen wäre, Lily zu verletzen. Also unterbrach er sie. „Du brauchst dir nicht die geringsten Sorgen zu machen. Meine Mom hat recht, was Lily angeht. Ich liebe sie." Als er diese Worte laut aussprach, schlug sein Herz schneller und er fragte sich, ob er jetzt völlig den Verstand verloren hatte. Innerhalb weniger Wochen hatte das Pendel in seinem Herzen wie wild in Richtung Lily geschwungen. So unverständlich es auch erscheinen mochte, er wusste einfach, dass er sie liebte. Dann dachte er über Lilys Worte von gestern Abend nach, als sie gesagt hatte, dass sie ihn nicht so gut kannte. Was er über sie wusste, beruhte eher auf den spontanen und ursprünglichen Instinkten seines Löwen – und an diesen Instinkten zweifelte er nicht eine Sekunde lang. Doch darüber hinaus kannte er nur die groben Züge ihres Lebens. Ihre Familie hatte eine einflussreiche und angesehene Position in Catamount inne. Sie gehörten zu den Gründerfamilien der Shifter, aber sie waren nicht so anmaßend wie die Peytons, was ihnen mehr Respekt und Wohlwollen einbrachte.

Durch Roxannes Bemerkung wurde ihm klar, warum er Lily vielleicht übersehen hatte. Ihre Eltern und Jake steckten mittendrin in der Gesellschaft von Catamount, während Lily ruhiger und zurückhaltender war. Er dachte an den Tag zurück, an dem er sie in die Stadt mitgenommen hatte. Sie war so heiß und süß gewesen, dass sie seinen Körper in Flammen gesetzt hatte. Aber er hatte sie vorher nicht wirklich wahrgenommen. Als sie aufgewachsen waren, hatte er sie meist nur aus der Ferne gesehen, weil ihr Hang, sich zurückzuziehen, sie einfach nicht auf seinem Radar auftauchen ließ. Er war so sehr damit beschäftigt gewesen, dem Zorn seines Vaters aus dem Weg zu gehen, sich um seine Mutter zu sorgen und generell zu versuchen, kein Aufsehen zu erregen, dass seine Aufmerksamkeit ohnehin auf verschiedene Dinge gelenkt war.

In dem Augenblick räusperte sich Roxanne. „Huhu. Jemand zu Hause?"

Noah blickte auf und sah ihre warmen blauen Augen auf sich gerichtet. Dann zuckte er mit den Schultern.

„Du warst sofort weggetreten, nachdem du gesagt hast, dass du Lily liebst, also hast du mir überhaupt keine Gelegenheit gegeben ..." Sie hielt inne, lehnte sich über den Tresen und nahm sein Gesicht in ihre Hände. „... um das zu tun." Dann drückte sie ihm einen schmatzenden Kuss auf die Wange und lehnte sich mit einem breiten Lächeln zurück.

Noah war so verdutzt, dass er prompt seinen Kaffee verschüttete. Roxanne wischte sofort den Tresen ab und füllte seine Tasse wieder auf.

Ihr Blick wirkte ernüchtert, als sie ihm die frische Tasse Kaffee über den Tresen schob. „Also, was hat Lily über euch beide zu sagen?"

„Gute Frage. Das Ganze ist irgendwie aus heiterem Himmel gekommen. Ich habe nicht gerade viele Erfahrungen mit Beziehungen."

Roxanne lächelte sanft und zuckte mit den Schultern. „Lily ist ziemlich offenherzig. Vielleicht solltest du ihr einfach sagen, was du fühlst."

Er verdrehte die Augen. „Bei dir klingt das so einfach."

Roxanne reckte ihr Kinn in die Höhe. „Nun, vielleicht solltest du ihren Bruder danach fragen."

Noah fluchte und drehte sich um, um über seine Schulter zu schauen. Gerade eben schritt Jake in den Feinkostbereich des Ladens und ging direkt auf Noah zu. Noah hatte keine Lust, mit Jake über seine Gefühle für Lily zu sprechen. Er konnte das nur vermuten, aber er stellte sich vor, dass Jake in Sachen Schutz seiner Schwester wohl wenig Spaß verstand.

Jake blieb an seiner Seite stehen. Dann nickte er Roxanne zu und wandte sich an Noah. „Ich habe deinen Truck draußen gesehen. Ich dachte, es würde dich interessieren, dass deine Mom mit ihrer Vermutung über Wallace goldrichtig gelegen hat. Hank und ich haben es geschafft, seine digitale Spur aufzunehmen. Er steckt genauso tief drin wie Callen. Hank bereitet gemeinsam mit dem Staatsanwalt einen Haftbefehl gegen ihn vor. Ich dachte, wir könnten vielleicht bei Derek Miller vorbeischauen und herausfinden, ob er noch etwas von Kirk gehört hat. Diesen offenen Punkt würde ich gerne abschließen, während wir warten."

Roxannes Augen huschten zwischen den beiden hin und her. „Ach du Scheiße. Ich hätte wissen müssen, dass Wallace dahintersteckt. Er war mir schon immer ein bisschen zu hochmütig, und er liebt Geld und Macht." Sie drehte sich zu Jake. „Hast du eine Ahnung, wie lange es dauern wird, bis er hinter Gittern ist?"

Jake zuckte mit den Schultern. „So lange, bis Hank und der Staatsanwalt überzeugt sind, dass sie einen wasserdichten Fall haben. Wallace wird kämpfen wie der Teufel, also wollen sie sich ganz sicher sein."

Noah nickte. „Wenn du zu Derek gehst, bin ich jederzeit dabei."

Jake nickte heftig. „Ich hole mir bloß einen Kaffee und dann gehen wir."

KAPITEL NEUN

„Aber Dad, du hast mir doch versprochen, dass ich heute ins Kino darf!", rief Jasmine Miller, bevor sie aus dem Büro ihres Vaters stürmte. Sie ließ die Tür hinter sich offen stehen, sodass die kalte Winterluft hereinwehte.

Derek verdrehte die Augen und trat zur Tür. „Der Deal war, dass du zuerst deine Hausaufgaben erledigst. Du hast doch noch genug Zeit", rief er, bevor er die Tür zuzog.

Noah und Jake standen in Dereks Büro im Steinbruch. Man konnte sehen, wie Jasmine zu einem anderen Gebäude schritt und dort die Tür hinter sich zuknallte.

Derek gluckste. „Sie wird die Hausaufgaben schon machen." Dann schüttelte er den Kopf. „Ich hätte gedacht, ich wäre ein Experte in Sachen Teenager. Mann, es ist viel schlimmer, wenn es die eigene Tochter ist." Dann fuhr er sich mit der Hand durch die Haare und kehrte zu seinem Schreibtisch zurück, wo er sich auf den Stuhl setzte und auf die Stühle auf der anderen Seite deutete. „Was gibt's, Leute? Ich habe eine ziemlich gute Vorstellung, was in letzter Zeit passiert ist, aber klärt mich auf."

Nach einer kurzen Zusammenfassung und der Erwähnung von Wallace weiteten sich Dereks Augen. „Verdammt. Kirk hat damit geprahlt, dass er mit ein paar richtig großen Tieren in Catamount zu tun hat. Da Callen und Randall in die Sache verwickelt sind und ich Kirk mit Brad gesehen habe, hätte ich mir das denken können. Und was jetzt?"

„Wir warten darauf, dass die Polizei und die Staatsanwaltschaft einen stichhaltigen Fall vorlegen können. In der Zwischenzeit wollten wir nachfragen, ob du noch etwas von Kirk gehört hast", antwortete Jake.

Derek nickte. „Das Übliche. Er fragt immer wieder nach dem verdammten Steinbruch, aber seit der Meldung bei der Polizei haben wir Brads Truck dort nicht mehr gesehen." Er seufzte. „Kirk ist ziemlich am Ende. Er behält keinen Job, und er wirft zu viel von dem Zeug ein, von dem ich nicht mal genau weiß, was es ist. Soweit ich das beurteilen kann, hält er diese Schmuggelsache für leicht verdientes Geld und kein Risiko, solange sie alle anderen davon überzeugen können, über die Sache hinwegzusehen."

Als Noah und Jake eine Weile später nach draußen traten, kam Kirk angefahren. Derek war ihnen nach draußen gefolgt und wollte sich nach dem Stand von Jasmines Hausaufgaben erkundigen. Stattdessen hielt er neben den beiden an. Kirk sprang aus seinem Truck und knallte die Tür zu. Dann stürmte er auf Derek zu und lehnte sich direkt in sein Gesicht.

„Du hast einfach nicht deine verdammte Klappe halten können? Du hättest uns doch nur gelegentlich den alten Steinbruch benutzen lassen sollen. Und jetzt ruft mich Brad an und teilt mir mit, dass der Deal geplatzt ist. Ich verliere hier richtig Kohle!" Kirk wandte sich ab und schaute zu Noah und Jake hinüber.

„Fick dich!" Er spuckte seine Worte aus.

Dereks Augen blickten an ihm vorbei zu einem anderen Truck, der in die Kiesauffahrt zum Steinbruch einbog. „Was zum Teufel macht Brad schon wieder hier draußen?", fragte er und sein Blick wanderte zurück zu Kirk.

Kirk grinste. „Er ist stinksauer, verdammt noch mal."

Brad Peyton kam unsanft zum Stehen und stürzte aus seinem Truck. Als er auf sie zusteuerte, wandelte er sich und sprang mit einem Gebrüll nach vorne. Innerhalb von Sekunden wandelten sich auch Noah, Jake und Kirk. Derek nicht. Er schüttelte entschlossen den Kopf und wich zurück. Kirk stürzte sich auf ihn, wich aber zurück, als Jake sich knurrend zwischen sie drängte. Noah bäumte sich mit seinem Löwen auf und sein Fell bewegte sich in der kalten Winterluft. Dann zog er sich von den anderen zurück. Er ahnte, dass es Brads einzige Absicht war, sie einzuschüchtern, aber er wartete ab und beobachtete sie. Jake knurrte Kirk an und schubste ihn mit aller Kraft von Derek weg. Daraufhin stürzte sich Brad auf Jake, aber der wich schnell aus. Plötzlich stürmte Brad los, gefolgt von Kirk. Jake und Noah sprangen hinter den beiden her. In dem Augenblick traf Jakes Löwe auf Noahs Blick. Auch hier war die Verständigung zwischen den beiden reibungslos. Sie würden sich zurückhalten, um herauszufinden, wohin Brad und Kirk sie führen wollten, und dann ihre Möglichkeiten abwägen.

Noah genoss das Gefühl, das sein Löwe ausstrahlte. Stärke und Kraft entluden sich in heißen Wellen. Schnee flog um sie herum auf, als sie das Feld hinter dem Steinbruch überquerten und in den Wald preschten. Brad war auf dem Weg zum Grundstück seines Vaters. Ein weiterer flüchtiger Blick mit Jake, und die beiden hielten sich zurück. Diesmal folgten sie dem Pfad zu Wallace' Grundstück. Dort öffnete sich eine Lichtung und ein weiterer Berglöwe stand auf einer kleinen Anhöhe. Dieser Löwe konnte niemand anderes als Wallace sein. Noah konnte sich nicht erinnern, ob er Wallace jemals in Löwengestalt gesehen hatte, aber dieser Löwe war stattlich, königlich und alt. Nach einem weiteren Augenkontakt mit Jake stürmten die beiden los und hatten Brad und Kirk rasch eingeholt. Noah fackelte nicht lange. Mit einem Brüllen sprang er auf Brads Rücken, versenkte seine Krallen in ihm und warf ihn zu Boden. Was auch immer Wallace wollte, er würde mit seinem Sohn im Angesicht der Gefahr verhandeln müssen.

Da holte Brad aus und erwischte Noah an der Schulter. Kirk wirbelte herum und wollte in den Kampf eingreifen, aber Jake stürzte sich vor ihn und verwickelte ihn in einen Kampf. Krallen und Fell blitzten immer wieder auf. Knurren und Zähnefletschen überwogen, bis Noah Brad fest unter seiner Pranke eingeklemmt hatte. Noah hatte zwar mehrere Kratzer abbekommen, aber Brad gelang es nicht, sich aus Noahs Griff zu befreien. Noah hielt seine Kehle zwischen seinen Zähnen und knurrte. Kirk hatte den Kampf schon viel früher aufgegeben. Jake stand über ihm, sein Atem strömte heiß in die eisige Winterluft.

Der Geschmack von Eisen drang in Noahs Mund, während er Brads Kehle fest umklammert hielt. Weiter entfernt wandelte sich Wallace gerade. Er stand lässig in seiner menschlichen Gestalt auf und streckte sich, bevor er die Kleidung, die um ihn herum auf den Boden gefallen war, zusammensammelte und zu ihnen hinüberging. Bei ihnen angekommen, ließ er seinen Blick über sie alle schweifen. Noah und Jake tauschten einen weiteren Blick aus. In stillem Einverständnis verwandelten sie sich nicht zurück in ihre menschliche Gestalt.

Wallace' Blick landete auf Brad, sein Zorn war offensichtlich. „Ich hätte es eigentlich besser wissen müssen, als dich da mit reinzuziehen. Du bist zu ungestüm, zu aufdringlich." Dann wanderte Wallace' Blick zu Jake und Noah. Seine Lippen verzogen sich zu einem spöttischen Grinsen. „Ich hätte nicht gedacht, dass du auf ihrer Seite stehst", stellte er fest und deutete auf Noah. „Dein Vater war nichts weiter als ein Dieb und ein Frauenschläger." Noah schenkte Wallace keine Beachtung und kämpfte gegen den Drang an, ihn mit seinen Krallen anzugreifen. Berglöwen kämpften zwar untereinander, aber in der Community der Shifter war es undenkbar, dass ein Shifter einen Menschen angriff, selbst wenn dieser ein Shifter in menschlicher Gestalt war.

Wallace deutete mit einem Nicken auf seinen Sohn. „Lass ihn gehen. Er wird euch nicht mehr belästigen."

Langsam löste Noah seinen Griff. Brad blieb in seiner Löwengestalt, sein Atem ging schwer. Sein Fell war blutverschmiert. Doch er schenkte seinem Vater keine Beachtung. Wallace schwieg, als Jake Kirk losließ. Noah und Jake zogen leise davon. Die beiden warteten in einiger Entfernung und sahen zu, wie Wallace auf Brad eintrat, bis dieser sich wandelte. Kirk tat es ihm gleich. Noah und Jake setzten ihren gemächlichen Marsch durch den Wald fort, während Wallaces Schreie durch die Ferne zu hören waren.

„Du dämlicher Idiot! Ich habe dir doch gesagt, dass es bescheuert ist, jemanden zu fragen, ob du sein

Grundstück für Lieferungen nutzen kannst. Du fragst nicht. Du tust einfach, was du möchtest."

Als sie tiefer in den Wald eindrangen, verklang seine Stimme.

———

Lily stand unter der Dusche und genoss das dampfende heiße Wasser, das auf sie herabregnete. Sie hatte den Nachmittag damit verbracht, Holz zu stapeln. Als sie damit fertig gewesen war, hatte es angefangen zu schneien und nun war sie völlig durchnässt und durchgefroren. Sie hatte ja versucht, sich zu beschäftigen, um sich von Noah abzulenken. In so kurzer Zeit hatten sich die Gedanken an ihn in ihrem Kopf festgesetzt. Fast die ganze Zeit über schlich er am Rande ihres Bewusstseins umher. Ihr Körper brummte in freudiger Erwartung. Sie spürte ein Verlangen nach ihm, das an ihr zerrte und sie ganz willenlos ihrem Körper überließ. Die Katzenseite von ihr genoss das Gefühl, während ihre menschliche Seite hin- und hergerissen war. Sie hätte so gerne einen Hauch von Kontrolle über sich selbst wiedererlangt. Doch gerade jetzt sehnte sie sich nach seiner Berührung. Ohne nachzudenken, ließ sie ihre Hand durch ihre Löckchen gleiten und tauchte in die glitschige Feuchtigkeit ihrer empfindlichen Mitte ein. Ihre Berührung war ein Abglanz der seinen. Bei der Erinnerung an seine Finger in ihr, die sie wie ein Instrument gespielt hatten, pochte ihr Innerstes. Sie erkannte die Frau nicht wieder, zu der Noah sie gemacht hatte – stürmisch, hemmungslos und wild.

Ihr Herz raste. Als sie mit sich selbst spielte, errötete sie bei dem Gedanken an seine Augen auf ihr. Die Vertrautheit zwischen ihnen durchzuckte sie und erschreckte sie fast mit ihrer Heftigkeit. Dann tauchte sie ihren Finger in ihren Kanal und streichelte sanft ihre weiche Spalte. Sie konnte nicht verhindern, dass ihr ein Stöhnen entwich. Noah ging ihr durch den Kopf, während sie sich selbst liebkoste. Durchtränkt von Verlangen, sehnte sie sich nach mehr. Das war nicht genug, ihre Berührungen weckten in ihr nur noch mehr das Begehren nach Noah – nach seinem harten Körper, nach dem Gefühl, wie er sie ausfüllte, wie er sie dehnte. Ihr kam ein Wimmern über die Lippen. Als sie ein leises Klopfen hörte, zuckte sie zusammen.

„Lily?"

Ihr Herz setzte einen Schlag aus und beschleunigte sich beim Klang von Noahs Stimme.

„Ähm, ich bin unter der Dusche."

O mein Gott, o mein Gott, o mein Gott! Obwohl ihr Körper durch seine Anwesenheit geradezu in Ekstase geriet, war sie doch beschämt, dass er sie fast so erwischt hätte.

Sein leises Glucksen entlockte ihr ein Lächeln. „Was dagegen, wenn ich mich zu dir geselle?"

Ihr Körper schrie geradezu vor Freude. „Nein, ganz und gar nicht."

Die Untertreibung des Jahrhunderts. Sie hatte sich selbst gefingert und sich verzweifelt gewünscht, dass Noah hier bei ihr wäre, und jetzt war er da. *Du hast völlig den Verstand verloren und steigerst dich da in etwas hinein, das dir über den Kopf wächst.*

Da öffnete sich die Duschtür und Noah trat ein. Ihr Blick fiel auf die langen, tiefen Kratzer, die seine Brust und Arme überzogen. Schlagartig war ihr Verlangen vergessen. Und ihre Kehle schnürte sich vor Angst zu.

„Noah! Was ist passiert?"

Er trat zuerst in den Wasserstrahl, schloss seine Augen und lehnte seinen Kopf seufzend zurück. Dann fuhr er sich mit den Händen durch die Haare, bevor er den Kopf wieder anhob und ihr in die Augen sah. In dem nebligen Licht, das durch den Dampf erzeugt wurde, fühlte es sich an, als wären sie in einem Kokon. Er griff nach ihr, legte seine Arme um sie und zog sie an sich. Ihr Körper entspannte sich in seiner Berührung, während ihr Verstand vor Sorge erbebte.

Sie lehnte ihren Kopf nach oben. „Versuch bloß nicht, mich abzulenken. Warum bist du so zerschrammt? Ich weiß genau, was hier los ist. Du hast dich mit jemandem geprügelt, und ich möchte wissen, mit wem und warum."

Seine Augen öffneten sich und sein bernsteinfarbener Blick entfachte Funken in ihrem Bauch. „Alles in Ordnung. Jake und ich sind zu Derek Miller gefahren, um der Sache nachzugehen. Um es kurz zu machen: Kirk und Brad sind auch aufgekreuzt. Sie haben uns auf eine lustige Verfolgungsjagd durch den Wald zu Wallace' Haus mitgenommen. Ich weiß zwar nicht genau, was sie eigentlich damit bezweckt haben, aber ich habe Brad festgenagelt, während Jake sich um Kirk gekümmert hat."

Fragen schossen ihr durch den Kopf, aber Noahs Berührungen lenkten sie zu sehr ab. Eine Hand wanderte über ihren Po, die andere glitt über ihre Brust und spielte mit einer Brustwarze. Ihr Atem ging stoßweise. Er machte sie ganz wahnsinnig. Sie hatte solche Angst um ihn gehabt, aber hatte schon wieder alles vergessen, als sich ihr Körper vor lauter Verlangen nach ihm wand. Er war wie eine Droge, ohne die sie nicht leben konnte. Sie zwang sich, sich zu konzentrieren und sah zu ihm auf. Was sie in seinen Augen sah, raubte ihr den Atem. Geschmolzene Hitze brodelte in ihr. Ihr Herz hämmerte gegen ihren Brustkorb. Sein Blick griff tief in sie hinein und packte ihr Herz. Sie strich mit einer Hand über seine Brust und zeichnete die Linie einer der Schrammen nach.

„Es gefällt mir gar nicht, dich so zu sehen", flüsterte sie und ihre Kehle wurde eng.

Wasser lief ihm über die Haut. Dann hob er seine Hand und fuhr mit dem Daumen über ihren Mund. Nun geriet ihr Puls völlig außer Kontrolle. Ihr Bauch krampfte sich zusammen, und die Lust durchbohrte sie. Mit einer schnellen Bewegung ersetzten seine Lippen seinen Daumen. Seine Küsse machten sie einfach nur fertig und vertrieben alle Gedanken aus ihrem Kopf. Sie wollte ihm nur noch näherkommen, ihr ganzes Wesen mit seinem verschmelzen. Ihre Zungen verschränkten sich miteinander, ihr Atem wurde eins. Sie ließ ihre Hände über seine Brust gleiten und stöhnte auf, als er seinen Mund von ihrem löste und seine Zähne in ihr Ohrläppchen versenkte. Sein Körper bestand einzig aus Muskeln und Kraft. Das Gefühl, ihn zu spüren, ließ das Verlangen in ihr nur noch mehr ansteigen.

Noah wiegte seine Hüften gegen ihre, seine Erregung spornte sie an. Ihr Geschlecht krampfte sich zusammen. Dann wanderten seine Hände über sie, und seine Bewegungen waren rau. Er bahnte sich mit seinen Lippen und Zähnen eine Spur über ihren Hals und jagte ihr damit heiße Schauer über den Rücken. Sie schlang ihre Hand um seine Länge und genoss das feuchte Gefühl in ihrem Griff. Ein Stöhnen entkam ihm, sein Mund umschloss eine Brustwarze, saugte und biss, bis sie sich gegen ihn wand. Sie war völlig aufgelöst und wollte nur noch ihn in sich haben.

Plötzlich trat er zurück und begann, die Duschtür zu öffnen. Sie klammerte sich an ihn. „Wohin ...?"

„Kondom", stieß er hervor.

Lily schüttelte den Kopf. „Das spielt keine Rolle. Ich nehme die Pille. Du weißt, dass ich vorher noch Jungfrau war, also ..."

Sie errötete und plötzlich schämte sie sich. Sie benahm sich, als wäre das hier viel mehr, als es war. Sie biss sich auf die Lippe und betrachtete seinen Oberkörper. Ihr Blick blieb an einem Kratzer hängen, der sich von seiner Schulter bis zu seinem unteren Brustkorb zog. Er war entzündet und rot, und ihr Herz zog sich zusammen. Ihre Gefühle für ihn waren zu stark, zu heftig und viel zu früh.

Noah ließ die Tür zufallen und trat wieder dicht an sie heran, seine Arme glitten um sie herum. Selbst inmitten des Dampfes und des heißen Wassers, das auf sie niederprasselte, schlug die Wärme seiner Berührung ihr entgegen. Sie zwang sich, ihm in die Augen zu sehen.

„Aber das musst du nicht, verstehst du? Ich würde alles dafür geben, zu spüren, wie es ist, ganz ohne etwas zwischen uns in dir zu sein. Falls du dich jetzt fragst: Ich bin kerngesund. Ich war in dieser Hinsicht sowieso nie sonderlich fleißig." Dann hielt er inne, und in seinen Augen flackerte ein Hauch von Unsicherheit. „Ich weiß, das ist alles ziemlich neu für uns, aber ich nehme das nicht auf die leichte Schulter."

Dampf umhüllte sie, als Lily in seine bernsteinfarbenen Augen blickte. Und ihre Unsicherheit verflog. Obwohl er das nicht direkt ausgesprochen hatte, verrieten seine Augen ihr, dass seine Gefühle für sie genauso ausgeprägt waren wie ihre eigenen. Ein Wassertropfen lief ihr in den Mundwinkel. Sie leckte ihn weg und nickte. „Ich bin mir sicher."

Seine Augen hielten die ihren noch einen Augenblick lang fest, bevor sein Mund wieder auf den ihren stürzte. Heiße, feuchte Hitze umgab sie – in ihr und um sie herum. Seine Hände umfassten ihre Brüste und hoben sie hoch, damit er sich an ihren Brustwarzen gütlich tun konnte, wobei die abwechselnd sanften Berührungen seiner neckischen Zunge und die scharfen Bisse seiner Zähne sie in den Wahnsinn trieben. Flüssige Schauer durchströmten sie. Sie stieß sich zurück und sank auf die Knie, um ihn in ihren Mund zu nehmen. Seine Hände krallten sich in ihr nasses Haar, während sie wieder und wieder auf und abstrich und ihn vollständig in ihren Mund nahm. Bis er unvermittelt einen Schritt zurücktrat, sie hochzog und sie mit dem Gesicht zur Wand drehte. Seine Handfläche glitt ihre Wirbelsäule hinunter und die schwielige Haut ließ Funken aufsteigen. Er umfasste ihren Po mit seinen Händen und drückte ihre Schenkel entschlossen auseinander. Ihr Kanal pochte vor Verlangen. Sie stemmte sich gegen ihn.

Mit seinen Fingern strich er über ihr empfindliches Fleisch, das von ihrem Verlangen ganz durchtränkt waren. Er spielte mit ihr, streichelte ihren Eingang und umkreiste ihre Perle, bevor er schließlich seine Finger in sie eintauchte. Sie gab sich seinen Berührungen hin, aber das reichte ihr noch nicht. Die Lust peitschte durch sie hindurch und trieb sie immer näher an den Rand des Abgrunds. Erst als sie aufschrie und bettelte, stieß er seinen Schwanz in ihren Eingang und ließ seine Finger langsam herausgleiten. Er hielt einen langen Augenblick inne, bis sie sich gegen ihn wand. Mit einem schnellen Stoß füllte er sie aus und begann, weiter in sie einzudringen. Die Fliesen waren kühl unter ihren Handflächen und dieser Gegensatz verstärkte die Hitze, die in ihr brodelte. Ohne seinen starken Griff um ihre Hüften wäre sie beinahe umgekippt. Alles drehte sich um das Gefühl, wie er in sie eindrang und aus ihr herauskam – das Stoßen und Ziehen, das Drängen. Sie wollte ihn tiefer und wölbte sich ihm bei jedem Stoß entgegen. Er legte eine Hand um ihre Hüfte, glitt über die Wölbung ihres Bauches und drückte gegen ihre Klitoris. Diese kurze Berührung setzte den Druck frei, der sich in ihr aufgestaut hatte. Ihr Höhepunkt durchzuckte sie, die Lust war so stark, dass sie aufschluchzte.

Ein weiterer Stoß in ihren Kanal, der sich um ihn herum zusammenzog, und ein kehliger Schrei entrang sich Noah, als er in ihr pulsierte. Sie spürte seine Lippen an ihrem Hals, bevor sein Kopf in die Vertiefung ihrer Schulter sank. Ihr schwerer Atem vermischte sich mit dem Geräusch des herabstürzenden Wassers. Lange Augenblicke verharrten sie so, bevor er sich langsam aufrichtete und sich aus ihr herauszog. Seine Hände hielten ihre Hüften fest, während sie sich aufrichtete und umdrehte. Sie kramte nach der Seife und seifte schnell sich und dann ihn ein. Während sie über die Kratzer auf seiner Brust strich, schaute sie zu ihm auf. Er musterte sie, sein Blick war unergründlich. Ein Flattern ging durch ihre Mitte.

„Glaube bloß nicht, nur, weil du mich abgelenkt hast, vergesse ich zu fragen, was heute passiert ist."

Sein Mundwinkel hob sich zu einem kleinen Lächeln. „Ich hätte nicht erwartet, dass du das vergessen würdest." Nachdem er ihr die Seife aus der Hand genommen hatte, wusch er sich schnell, während sie sich abspülte. „Aber bevor wir reden, habe ich Hunger", stellte er unverblümt fest, als sie sich ein paar Minuten später abtrocknete.

KAPITEL ZEHN

Noah trat den Schnee von seinen Stiefeln, bevor er durch die Tür in Jakes Büro trat. Jake hatte ihn vorhin angerufen und gefragt, ob er vorbeikommen würde, um sich mit Hank und Dane zu unterhalten.

Noah blickte zufällig zu Boden, als er eintrat, und als er aufblickte und Lily sah, schreckte er hoch. Sofort spürte er ein tiefes Ziehen in sich, sobald er sie sah. Das war äußerst unangenehm, zumal ihr Bruder mit im Raum war, zusammen mit Dane Ashworth, der zufällig gut mit der Familie befreundet war, und Hank Anderson, dem Polizeichef von Catamount.

Lilys blaue Augen trafen die seinen quer durch den Raum. Sein Herz zog sich zusammen und die Lust wallte in seinen Adern. Er musste all seine Selbstbeherrschung aufbringen, um seine Gefühle unter Kontrolle zu halten. Shifter waren äußerst gut aufeinander eingestimmt. Männliche Berglöwen beschützten ihre Gefährtinnen mit aller Kraft. Die Tiefe der Gefühle, die man als Shifter empfand, war nicht besonders zuträglich, wenn man seine Gefühle vor einem anderen Shifter verbergen wollte. Es war nicht so, dass Noah verheimlichen wollte, was er für Lily empfand, aber er wusste, dass ihr Bruder nur dann etwas von ihnen erfahren durfte, sobald sie das auch wollte. Und er bezweifelte sehr, dass sie das jetzt vor diesem kleinen Publikum tun wollte. Er holte tief Luft und nickte Dane und Hank zu, bevor er Jake in die Augen sah.

„Danke, dass du vorbeigekommen bist", begrüßte Jake ihn.

„Kein Problem." Es kostete Noah alles, nicht wieder zu Lily zu schauen. Er sah sich im Raum um. Dane lehnte an einem Aktenschrank, während Hank auf einem der Stühle neben Jakes Schreibtisch saß. Jake saß ihm gegenüber, und Lily saß an einem anderen Schreibtisch hinter Jake. Noah war sich nicht sicher, ob er sich setzen sollte, und war erleichtert, als Jake ihm zu verstehen gab, dies zu tun.

„Möchtest du einen Kaffee oder etwas anderes?", fragte Jake.

Dane gluckste und sah Noah an. „Sein Kaffee ist scheiße, also, wenn du nicht wirklich dringend einen brauchst, würde ich an deiner Stelle lieber darauf verzichten."

Lily kicherte. Noah konnte nicht verhindern, dass sein Blick in ihre Richtung glitt. Ihre Haare fielen ihr in lockeren Wellen um die Schultern. Nachdem sie aufgehört hatte zu glucksen, fiel ihr Blick auf ihn. Ihr makelloser geschwungener Mund leuchtete, ihre Lippen waren sanft und rosa. Ihre Wangen waren gerötet. Ihre Augen waren nach oben geneigt, der katzenhafte Zug in ihrem Gesicht war zart und gab ihrem Gesicht die Form eines Herzens. Sie war irgendwie heiß, süß, schüchtern und frech zugleich. Er musste die Augen schließen, da seine Gedanken geradewegs zu dem Gefühl ihrer Lippen unter seinen wanderten. *Heilige Scheiße.* Er durfte in diesem Augenblick doch keinen *Ständer* bekommen.

So hilflos fühlte er sich, wenn es um Lily ging. Sie schien das nicht ganz zu begreifen, aber er war wie Wachs in ihren Händen. Was auch immer sie wollte, er würde es ihr ohne zu zögern geben. Er konnte kaum glauben, dass es wirklich so weit gekommen war. Bevor er an diesem Wintermorgen am Straßenrand angehalten hatte, hatte er nicht vorgehabt, eine Beziehung mit jemandem einzugehen. Er hatte das schlichtweg nicht für notwendig erachtet. Er hätte sich selbst nicht als bindungsängstlich bezeichnet oder als jemand, der sein Glück in ungezwungenen Affären suchte. Nein, er hatte einfach nie an die Liebe geglaubt, hatte nicht für möglich gehalten, dass die erdrückende Leidenschaft, die er für Lily empfand, überhaupt möglich war. Wenn man nicht einmal wusste, dass es so etwas geben konnte, hatte man auch keine Möglichkeit, sich darauf vorzubereiten. Lily hatte ihn blindlings überrumpelt.

Er schüttelte sich innerlich. *Kumpel, reiß dich zusammen. Und zwar schnell. Ihr Bruder sitzt bloß einen halben Meter entfernt.* Er holte tief Luft und öffnete die Augen, wobei er sie absichtlich auf den Schreibtisch richtete. Wie es der Zufall so wollte, alberten Jake und Dane gerade über Jakes beschissenen Kaffee herum. Keiner schien zu bemerken, dass er mit seinen Gedanken ganz woanders war.

„Es ist ein verdammtes Wunder, dass du nicht verhungert bist, bevor dir in Bezug auf Phoebe endlich die Augen geöffnet worden sind. Du kannst dich glücklich schätzen, dass du eine Frau hast, die verdammt gut kochen kann und fantastischen Kaffee zubereitet", stellte Dane grinsend fest.

Jake erwiderte sein Lächeln schamlos. „Verdammt

richtig. Das ist zwar nicht der Grund, warum ich sie liebe, aber immerhin ein netter Nebeneffekt."

Lily erhob sich. Noah musste seinen Drang unterdrücken, mehr zu tun, als nur kurz in ihre Richtung zu schauen. „Wie wäre es, wenn ich zu Roxanne flitze und einen Kaffee mitbringe?"

Jake stimmte bereitwillig zu und auch Dane und Hank schlossen sich an. Noah merkte, dass sein Schweigen zu lange gedauert haben musste, als Jake seinen Namen nannte.

Noah blickte zu Jake und hielt seinen Blick entschlossen von Lily fern. „Ja?"

„Möchtest du auch einen Kaffee von Roxanne's?", fragte Jake.

„Na klar." Mehr brachte er nicht über die Lippen, aber dann musste Lily fragen, was für einen.

Er drehte sich in ihre Richtung. Die leichte Röte auf ihren Wangen hatte sich weiter verstärkt. Sie stand an der Ecke von Jakes Schreibtisch. Noah konnte sie von dort, wo er saß, genau spüren und den Puls an ihrem Hals pochen sehen. Er ballte die Fäuste in seinen Taschen. „Ein einfacher Espresso reicht mir."

Lily nickte. „Nur ein Espresso?"

Er schaffte es zu nicken und konnte glücklicherweise wegschauen. Dann erkundigte sie sich bei den anderen nach ihren Vorlieben. Was eigentlich ein langweiliges Thema hätte sein sollen, ließ sein Blut heiß und zäh durch seine Adern rauschen. In seinen Gedanken erinnerte er sich an den Klang ihrer Stimme, als sie gestern Abend in der Dusche geschrien hatte, und an das Gefühl, wie ihr Kanal seinen Schwanz umklammert hatte. Er musste erneut die Augen schließen. Als er sie öffnete, zählte er die Bäume, die durch die Fenster zu sehen waren. Die

Gespräche um ihn herum gingen weiter, als Lily ihre Jacke anzog und ging.

Erleichterung und Enttäuschung lagen in ihm im Widerstreit. Er war einerseits erleichtert, dass sie weg war, sodass er sich zusammenreißen konnte, und andererseits enttäuscht, weil er sie sofort vermisste. Glücklicherweise übernahm Hank das Ruder und brachte das Gespräch mit Dane und Jake auf die Ermittlungen.

„So sieht's aus, Leute. Randall ist immer noch zugeknöpft. Ich hatte erwartet, dass er sich im Knast langweilen würde, weil es schon eine Weile her ist. Aber er hat nicht viel Besuch bekommen, nicht mal von seiner Familie, also vermute ich, dass er nicht auf dem Laufenden ist, was draußen vor sich geht. Die einzige Besucherin war seine Mutter." Hank hielt inne und blickte zu Jake.

„Immer noch nichts über sie?", fragte Hank.

Jake schüttelte entschieden den Kopf. „Soweit ich das beurteilen kann, ist sie sauber. Zumindest nach dem, was ich aus ihren Onlinespuren schließen kann. Sie und Wallace haben sich vor Jahren scheiden lassen. Ich war noch zu jung, um mich an viel zu erinnern, aber ich weiß noch, dass es ziemlich übel war."

Hank nickte. „Verdammt, es war furchtbar. Er hat sie vor Gericht regelrecht durch den Dreck gezogen. Zurück zu Wallace: Es sieht so aus, als wäre ursprünglich Callen auf das Schmugglernetzwerk gestoßen, aber als er seinen Dad ins Spiel gebracht hat, hat Wallace die Führung übernommen. Das Zeug, das ihr neulich über ihn herausgefunden habt, war eine wahre Goldgrube. Er hat sich fast wöchentlich mit einem der Jungs in Montana über Lieferungen unterhalten. Ich schätze, wir haben genug, um ihn zu verhaften. Wenn wir zu lange warten, während er weiß, dass wir ihm auf

der Spur sind, hat er bloß Zeit, ein wenig aufzuräumen, befürchte ich."

Das Gespräch wurde fortgesetzt, und Hank legte seinen Plan für die Verhaftung von Wallace dar, während er sich an Jake, Dane und Noah wandte, um zu besprechen, wie er mit den Folgen umgehen und einige der ungelösten Fragen klären wollte, wie etwa die nach Kirk.

Obwohl Noah stolz auf seine Zeit beim Militär und es gewohnt war, bei den Special Forces an Ermittlungen und verdeckten Missionen zu arbeiten, hatte er diesen Teil von sich immer als vollkommen getrennt von Catamount betrachtet. Hier war er nie ein angesehener Soldat gewesen. Er war nichts weiter als der Sohn eines ungehobelten Kerls gewesen, der alle um sich herum runterzog. In der Familie seines Vaters hatte es eine Generation gewalttätiger Männer gegeben, die sich hart an der Grenze zur Kriminalität bewegt hatten. Er konnte nicht glauben, dass Jake, Dane und Hank ihn so einfach in die Reihen der Shifter aufgenommen hatten, an die sie sich in Situationen wie dieser wandten. Seine Kehle fühlte sich wie zugeschnürt an, aber sein Herz beruhigte sich. Er wollte die Last seines Vaters nicht überall in Catamount mit sich herumtragen.

Dabei blickte er zwischen den Männern hin und her. „Ich hoffe, ich halte euch mit meinen Überlegungen nicht allzu sehr auf, aber ihr arbeitet ja schon länger an diesem Fall als ich. Haben wir all die anderen offenen Fragen geklärt? Erwarten wir, dass die Sache in Catamount zu Ende ist, sobald wir die Verbindung zu Wallace herstellen können?"

Hank zuckte mit den Schultern und schüttelte traurig den Kopf. „Das vermute ich jedenfalls. Der einzige Haken an der Sache wäre dein Onkel. Theo verrät auch nichts. Er scheint weder in der Lage zu sein noch über die nötigen Mittel zu verfügen, um in dieser Sache von Bedeutung zu sein. Trotzdem würde mich interessieren, was du über ihn denkst. Glaubst du, dass er Teil der Organisation war, oder hat er nur für die Kohle die Drecksarbeit gemacht?"

Noah dachte an seinen Onkel. „Wie du schon gesagt hast, verfügt Theo weder über die Mittel noch über die planerischen Fähigkeiten, um viel ausrichten zu können. Aber er ist immer hinter dem schnellen Geld her und es ist ihm ziemlich gleichgültig, was er dafür tun muss. Ich weiß zwar nicht, ob sich das lohnt, aber es macht mir nichts aus, zu versuchen, mich mit ihm zu unterhalten. Wir haben uns nie nahegestanden. Er ist der Bruder meines Vaters, und natürlich hatte auch ich kein gutes Verhältnis zu meinem Vater. Aber vielleicht packt Theo aus, wenn ich es mal versuche."

———

Lily stand in der Schlange in Roxanne's Country Store und wippte unruhig mit dem Fuß. Sie hatte unbedingt aus Jakes Büro herauskommen müssen, aber selbst jetzt, nach einem zügigen Spaziergang, bei dem ihre Ohren von der Kälte fast taub geworden waren, surrte ihr Körper wie unter Strom. Jake hatte sie ersucht, heute vorbeizukommen, um bei ein paar Dingen zu helfen, aber sie hatte keine Ahnung gehabt, dass auch Noah vorbeikommen würde. Jake würde ausflippen, wenn er wüsste, dass sie mit Noah zusammen war. Nun, es war nicht speziell Noah, sondern die Situation allgemein. Irgendwie, keine Ahnung woher, wusste Jake, dass sie noch Jungfrau war. Oder besser gesagt, dass sie eine gewesen war. Vor ein paar Jahren hatte er sie vor einem anderen

Shifter in Catamount gewarnt, der kurzzeitig Interesse an ihr gezeigt hatte. Damals hatte Jake behauptet, dass der Typ nur hinter ihren familiären Beziehungen her war. Sie war nicht interessiert genug, um sich darum zu kümmern, aber mitten in Jakes Warnung war ihm herausgerutscht, dass er nicht wollte, dass sie ihre Jungfräulichkeit an einen Idioten verlor. Sie war sprachlos geworden, hochrot und hatte sich aus dem Gespräch herausgewunden. Sie vermutete, dass Phoebe ihn eingeweiht hatte. Bevor er und Phoebe sich endlich der Tatsache gestellt hatten, dass sie füreinander bestimmt waren, waren sie jahrelang enge Freunde gewesen. Obwohl Phoebe auch ihre Freundin war, hätte es sie nicht überrascht, wenn Phoebe ihren heimlichen Unmut über ihre Jungfräulichkeit weitererzählt hätte.

Als Noah nun Jakes Büro betreten hatte, hatte es zwischen ihnen geknistert wie in einem Feuer. Hitze hatte sie überflutet und sie hatte wie verrückt versucht, sich zu beherrschen. Das Allerletzte, was sie jetzt gebrauchen konnte, war, dass Jake etwas mitbekam und Noah vor Dane und Hank zur Rede stellte. Lily seufzte und strich sich die Haare aus dem Gesicht. Die Schlange bewegte sich langsam vorwärts. Sie befanden sich in der längsten und kältesten Zeit des Winters in Maine, was bedeutete, dass sich die Lokale mit Menschen füllten, die genug von ihren eigenen vier Wänden hatten.

Die Tische im Feinkostladen waren voll. Als sie sich umsah, spürte sie plötzlich eine Berührung an ihrer Schulter und drehte sich um, als sie Phoebe hinter sich sah.

„Hey …" Ihre Worte wurden gedämpft, als Phoebe sie in eine schnelle Umarmung zog.

„Hey, du. Ich habe gerade zu Jake gesagt, dass ich

dich seit unserem Abendessen nicht mehr gesehen habe. Wie geht's dir?"

Lily zuckte mit den Schultern. „Ziemlich gut."

Phoebe wartete erwartungsvoll, sodass sie sich fragte, was Phoebe wusste. Als Lily nichts mehr sagte, verengten sich Phoebes Augen. Wie es der Zufall so wollte, war Lily als Nächste dran mit der Bestellung.

„Heute ist wirklich mein Glückstag! Ihr seid beide zur gleichen Zeit hier." Roxanne strahlte über das ganze Gesicht, bevor sie sich Lily zuwandte. „Was darf's sein? Kaffee, ein Happen zu essen oder etwas anderes?"

„Ich besorge Kaffee für Jake. Er hat eine Besprechung mit Dane, Hank und Noah ..." Lily verschlug es die Sprache, als sie sah, wie Roxannes Grinsen breiter wurde. Das Letzte, was sie jetzt gebrauchen konnte, war, dass Roxanne Phoebe über sie und Noah aufklärte. Lily errötete wie verrückt und versuchte, sich zu beherrschen, obwohl sie genau wusste, dass das unmöglich war. Sie hatte keine Ahnung, ob Roxanne scharfsinnig genug war, um zu erkennen, dass sie noch nicht bereit war, Phoebe von ihr und Noah zu erzählen. Nicht, dass sie etwas vor Phoebe verheimlichen wollte, sie hätte sogar einen guten Rat brauchen können, aber wenn Phoebe davon wusste, bedeutete das, dass Jake es ebenfalls bald erfahren würde.

Roxanne gluckste und schüttelte den Kopf, als sie Lilys Gesicht sah. Lily seufzte innerlich erleichtert, als es so aussah, als würde Roxanne es dabei belassen. Leider war Phoebe aufmerksamer, als Lily lieb gewesen wäre und blickte zwischen den beiden hin und her.

„Also gut, was wird hier gespielt?", fragte Phoebe und ließ ihren Blick zu Lily schweifen. „Du warst neulich Abend schon so komisch. Ich weiß ja nicht, woran es gelegen hat, und du bist so verschlossen, dass ich dich nicht drängen wollte. Jake hat auch schon angedeutet, dass er denkt, dass irgendwas mit dir los ist. Spuck's aus. Ich laufe schon nicht zu Jake, wenn es das ist, was dir Sorgen macht."

Lily sah zwischen Roxanne und Phoebe hin und her. Roxanne zuckte entschuldigend mit den Schultern. Phoebes dunkle Augen wirkten warm und besorgt. Phoebe war eine der Freundinnen, an die sich Lily normalerweise wandte, wenn sie Rat und Unterstützung brauchte, und beides konnte sie im Moment gut gebrauchen. Es war nicht so, dass Lily ihr nicht vertraute, dass sie Jake nichts sagen würde, aber sie wusste, wie hellhörig ihr Bruder war. Lily seufzte. Auf jeden Fall musste sie die Sache mit Noah an die Öffentlichkeit bringen und einen Weg finden, um nicht die ganze Zeit halb verrückt vor Lust auf ihn zu sein. Ganz zu schweigen davon, dass sie eine Möglichkeit finden musste, ihr Herz zur Vernunft zu bringen. Wenn es nach ihrem Herzen ginge, wären sie und Noah füreinander bestimmt. *Das kommt davon, wenn man sich so lange vor Beziehungen drückt. Der erste Typ, mit dem du Sex hast, lässt dich glauben, er sei der Einzige. Aber woher solltest du es auch besser wissen? Weil das, was ich mit Noah habe, so viel mehr ist ...* Ihr Verstand diskutierte mit sich selbst. Sie war mit Noah völlig überfordert. Ihre begrenzte Erfahrung mit Beziehungen im Allgemeinen half ihr nicht im Geringsten dabei, dass sie in den umwerfendsten, atemberaubendsten Sex gestolpert war, den sie sich je hätte vorstellen können, und das mit einem Mann, der ihr Herz und ihren Körper mit all ihren Hoffnungen und Träumen zum Beben brachte.

Sie holte tief Luft und sah Phoebe wieder in die Augen. „Können wir erst mal den Kaffee bestellen?"

Phoebe grinste. Und Roxanne nahm schnell ihre Bestellung auf. Als Phoebe auf die Toilette ging, wandte sich Roxanne wieder an Lily. „Man kann ein Geheimnis nicht ewig für sich behalten. Ich hätte ja nichts verraten, aber vielleicht ist es besser so.“

Lily zuckte mit den Schultern. „Ich würde mir keine Gedanken machen, wenn ich aus der Sache mit Noah schlau werden könnte.“

Roxannes Augen strahlten Wärme aus. „Du machst dir zu viele Sorgen.“ Damit wandte sie sich ab, um die Espressomaschine einzurichten und die Kaffeebestellung rasch abzuarbeiten.

Lily setzte sich an einen Tisch und nippte an ihrem Kaffee, während sie auf Phoebe wartete. Einen Augenblick später setzte sich Phoebe hin und sah Lily erwartungsvoll an.

Lily strich über den Rand des Deckels auf ihrem Kaffee. Allein der Gedanke daran, über Noah zu sprechen, ließ ihren Puls in die Höhe schnellen. „Also, Folgendes ... Ich habe mich mit Noah getroffen.“ Sie hielt inne und warf einen Blick zu Phoebe hinüber. Phoebes Augen weiteten sich leicht, aber sie blieb ruhig.

„Und das ist, ähm, ziemlich heftig. Es ist alles so schnell gegangen, aber ich mag ihn wirklich und jetzt weiß ich nicht, was ich tun soll. Ich möchte vermeiden, dass Jake gleich total zum Beschützer wird, also ich versuche ja nicht, es geheimzuhalten, aber ich weiß auch nicht. Ach.“ Sie stützte ihre Stirn einen Augenblick lang in ihre Handflächen, bevor sie aufschaute. Phoebes Blick war warm und sanft.

„Ich fürchte, ich stecke bis zum Hals in der Sache drin.“

Phoebes Lächeln kam nur langsam, aber ihre Freude war offensichtlich. „Das ist ja großartig! Ich habe mich schon gefragt, wie lange du wohl brauchen würdest, um dich zu überwinden und jemandem die Gelegenheit zu geben, egal wem. Noah scheint ein toller Typ zu sein. Jake hat in letzter Zeit nur Gutes über ihn gesagt. Wie lange geht das schon mit euch?"

Lilys Gesicht war so heiß, dass sie sich wunderte, dass sie nicht vor Verlegenheit schon zerschmolzen war. „Erst seit ein paar Wochen", murmelte sie. „Ich weiß ja nicht, was Noah denkt, aber ..."

In diesem Augenblick kam Roxanne an ihrem Tisch vorbei und warf ein: „Wenn du dich fragst, was Noah denkt, er ist in dich verliebt."

Lilys Kopf schnellte hoch. Ihr Herz krampfte sich zusammen und sie schöpfte neue Hoffnung. Bitte, bitte, lass das wahr sein. „Woher weißt du das?"

Roxanne grinste. „Als ich ihm einen kleinen Vortrag darüber gehalten habe, dass er gut zu dir sein soll, hat er genau das gesagt. Ich habe dir doch gesagt, dass du dir zu viele Gedanken machst." Dann wandte Roxanne ihren Blick zu Phoebe. „Noah ist fast jeden Tag hier, also habe ich ihn besser kennengelernt, seit er wieder in Catamount ist. Er ist Hals über Kopf in Lily verliebt. Und wenn du mich fragst, sind die beiden wie füreinander geschaffen. Noah ist genauso verschlossen wie Lily und er ist ein echter Schatz. Er ist nach Hause gekommen, um sich um seine Mutter zu kümmern, weil sie Krebs hat. Und dann ist da noch die Tatsache, dass er total gut aussieht und einen Körper hat, für den man sterben könnte. Nicht, dass ich auf ihn stehen würde, aber du schon", meinte sie und grinste Lily schelmisch an.

Lilys Gesicht war in diesem Augenblick wohl knallrot, während ihr Herz drohte, aus ihrer Brust zu springen. Noah hatte Roxanne verraten, dass er sie liebte? Sie hatte fast Angst, das zu glauben. Am liebsten wäre sie zurück in Jakes Büro gerannt und hätte Noah nach draußen gezerrt, damit er ihr das selbst sagen konnte.

„Falls ich mich gefragt habe, was du für ihn empfindest, bin ich nun im Bilde", bemerkte Phoebe augenzwinkernd.

Lily wandte ihren Blick wieder zu Phoebe und ihr Gesicht wurde noch heißer. „Ich ... ähm. Ich bin furchtbar in so etwas. Keine Ahnung. Die Hälfte der Zeit denke ich, dass ich verrückt bin, und die andere Hälfte kann ich nicht aufhören, an ihn zu denken." Nervös wickelte sie ihr Haar um den Finger und nahm einen Schluck Kaffee, um die Wärme des Getränks zu genießen.

Da rief jemand Roxannes Namen. Sie drehte sich um, um zu antworten, dass sie gleich kommen würde, und wandte sich wieder an Lily. „Wie ich schon gesagt habe, du machst dir zu viele Gedanken." Dabei begegnete sie Phoebes Blick. „Sag du es ihr. Du hast doch jahrelang das Gleiche mit Jake durchgemacht." Roxanne beugte sich hinunter und zog Lily in eine schnelle Umarmung, bevor sie davoneilte und Kaffee nachfüllte, während sie durch den Laden lief.

Phoebe wartete einen Augenblick, bevor sie das Wort ergriff. „Da ich zum ersten Mal davon höre, kann ich nicht sagen, dass ich viel darüber weiß, was zwischen euch beiden vor sich geht, aber ich kenne den Blick, den ich auf deinem Gesicht gesehen habe. Er hat genau das wiedergegeben, was ich für Jake empfunden habe, bevor wir die Sache endgültig geklärt haben. Ich kenne Noah selbst nicht so gut, aber Roxannes Urteilsvermögen ist unerschütterlich. Wenn sie denkt, dass er ein guter Kerl ist, dann ist er das auch." Phoebe hielt inne, ihr Blick war abschätzend. „Ich will ja nicht zu neugierig sein, aber weiß Noah, dass du ..."

Lily vergrub ihr Gesicht in ihren Händen. „Ernsthaft jetzt? Ich kann nicht glauben, dass ich dir das je erzählt habe. Ich weiß, dass du es auch Jake verraten hast, und das ist auch der Grund, warum ich mir Sorgen mache, wie er wohl reagieren wird." Sie ließ ihre Hände sinken und sah Phoebe an. „Ja, Noah weiß, dass ich noch Jungfrau war. Und das ist kein Problem."

Phoebe hatte den Anstand, verlegen dreinzuschauen. „Ich habe nicht gemeint, dass es ein Problem sein könnte, aber du hast dich deswegen ziemlich unter Druck gesetzt. Was Jake angeht, ist mir das einmal herausgerutscht, als wir uns unterhalten haben. Dabei würde ich mir so sehr wünschen, es wäre nie passiert, denn natürlich hast du recht. Er ist verdammt besorgt, wenn es um dich geht." Da weiteten sich plötzlich ihre Augen. „Moment mal? Habe ich dich da grade richtig verstanden?"

Lily seufzte. „Ja. Ich habe gesagt 'war'. Ich bin es wohl nicht mehr."

Ein langsames Grinsen breitete sich auf Phoebes Gesicht aus. „Sieh an, sieh an. Noah war der Glücksbringer, hm?"

Die Röte, die nicht aufhören wollte, wurde immer heißer. Lily gab sich keine Antwort, sondern zuckte lediglich mit den Schultern.

Phoebe glucckste. „Na gut. So sehr du dir auch Sorgen gemacht hast, ich bin froh, dass sich das jetzt erledigt hat. Ich denke, je eher du Jake von Noah erzählst, desto besser. Lass ihn wissen, wie du dich fühlst und sag ihm, er soll sich zurückhalten."

Lily seufzte und ihre Anspannung ließ etwas nach. Phoebe hatte nicht ganz unrecht. „Stimmt. Ehrlich gesagt, wäre das Ganze auch viel einfacher, wenn ich nicht so verrückt nach Noah wäre. Ich wünschte, ich hätte mehr Erfahrung mit Männern. Aber ich kann einfach nicht aufhören, an ihn zu denken. Doch woher soll ich wissen, ob er wirklich so verlässlich ist, wie ich denke?"

Phoebe verdrehte die Augen und seufzte. „Vielleicht bin ich mit ein bisschen mehr Männern ausgegangen als du, aber ehrlich gesagt, weiß man nie, ob etwas wirklich klasse ist, bis man es gefunden hat. Und dein Blick, wenn du über ihn sprichst, verrät mir, dass das zwischen euch etwas Großartiges ist. Es klingt, als würde er genauso denken, also stimme ich Roxanne zu. Hör auf, dir zu viele Gedanken zu machen."

Lily holte tief Luft und nickte langsam. Allerdings befürchtete sie, dass sie von ihren Gefühlen übermannt werden würde. Sie hatte schon erlebt, wie Beziehungen von Shiftern katastrophal in die Brüche gegangen waren. So sehr sie auch für Noah empfand, es wäre verheerend, wenn ihr das widerfahren würde. „Leichter gesagt als getan, aber ich versuche es mal. Ich schätze, ich bespreche das heute Nachmittag mit Jake. Dann lasse ich dich wissen, wie es gelaufen ist."

KAPITEL ELF

Noah stand mit dem Rücken zur Tür und bemühte sich, ruhig zu bleiben. Jake schritt vor ihm auf und ab, seine Hand sauste bei jedem Wort durch die Luft.

„Hast du gedacht, du könntest das vor mir verbergen? Sie ist meine Schwester! Als ich gesehen habe, wie du sie angeschaut hast, als sie dich gefragt hat, was für einen Kaffee du wolltest, habe ich es sofort gewusst.“

Jake blieb vor ihm stehen und wirbelte herum, um ihn anzusehen. „Sag mir jetzt, wie lange das schon so geht und was zum Teufel deine Absichten sind?“ Jake vibrierte vor Wut.

Noah glaubte nicht, dass es besonders hilfreich gewesen wäre, wenn er zu unverblümt gesagt hätte, wie er sich fühlte – Lilly hatte ihn von Grund auf verändert, sein Körper brauchte sie so sehr wie die Luft zum Atmen. Er würde alles für sie tun. Nein, dachte er, so sollte er seine Gefühle gegenüber Jake vielleicht nicht formulieren. In diesem Augenblick vernahm er Schritte auf dem Weg nach draußen und dann stieß die Tür gegen seinen Rücken. Er trat zur

Seite. Hank und Dane waren schon vor ein paar Minuten gegangen. Lily trat durch die Tür und trug einen Kaffeehalter mit den Getränken für alle, auch für Hank und Dane, die schon gegangen waren. Ihr Blick schweifte zwischen ihnen hin und her. Dann atmete sie tief durch und stellte die Kaffees auf Jakes Schreibtisch, bevor sie sich zu ihm umdrehte.

„Was zum Teufel ist hier los?", fragte sie.

Jake starrte sie an. „Hattest du eigentlich vor, mich irgendwann mal einzuweihen, was zwischen dir und Noah los ist?", fragte er und deutete mit harten, kalten Augen auf Noah.

Lilys Wangen erröteten, aber sie ließ sich nicht beirren. „In welcher Welt muss ich meinen großen Bruder um Erlaubnis fragen, wenn ich jemanden näher kennenlerne?"

Jake fluchte und verdrehte die Augen. „Du bist meine einzige Schwester. Ich habe das Recht, dich zu beschützen. Außerdem, warum musst du mir überhaupt irgendwas verheimlichen?"

Lily warf ihre Hände hoch. „Weil ich schon befürchtet habe, dass du dich so aufführen würdest." Dann wandte sie sich an Noah. „Hat er dich bedroht?"

Noah schüttelte den Kopf und dachte sich, je weniger er sagte, desto besser.

Sie wirbelte wieder zu Jake herum, stemmte die Hände in die Hüften und ihre Augen blitzten auf. „Ich bin achtundzwanzig Jahre alt, Jake. Genauso wie du dich mit Phoebe treffen kannst, ohne mich und alle anderen ausführlich einzuweihen, kann ich das auch. Ich hatte ohnehin vor, bald mit dir über Noah zu sprechen. Sei doch nicht so ein Arsch. Er bedeutet mir sehr viel. Und untersteh dich, ihm die Schuld dafür zu geben, dir nichts zu sagen, das ist nämlich meine Entscheidung, nicht seine."

Noahs Brust war wie zugeschnürt. Als er hörte, wie scharf Lily ihn verteidigte und erklärte, wie viel er ihr bedeutete, wurde ihm fast schwindelig. Es war überhaupt nicht nötig, dass sie ihn vor Jakes Zorn beschützte. Er war bestimmt nicht deshalb sauer, weil er der Meinung war, er hätte das Recht zu bestimmen, wer mit seiner Schwester zusammen sein durfte oder nicht, sondern weil er sich um seine Schwester sorgte und sichergehen wollte, dass sie mit jemandem zusammen war, der gut genug für sie war. Noah konnte nur hoffen, dass das der Fall war, denn mit jedem Tag, der verging, wurde es schwieriger, sich ein Leben ohne sie vorzustellen.

Er straffte die Schultern und räusperte sich. „Ich kann gut verstehen, dass du dir Gedanken über mich machst. Offenbar möchtest du sicherstellen, dass Lily mit jemandem zusammen ist, der gut genug für sie ist. Ob ich der Richtige bin, kann ich nicht sagen, aber ich liebe sie und würde alles für sie tun." Seine Worte klangen holprig, aber er hielt seinen Blick auf Jake gerichtet. Sein Herz pochte, denn er wusste nicht genau, ob Lily für ihn das Gleiche empfand wie er für sie. Sein Instinkt bestätigte ihm, dass das der Fall war, aber der Instinkt konnte schwach sein gegenüber den Launen des Verstandes und der Gefühle. Doch er wollte sich vor Jake nicht hinter seiner Angst verstecken.

Jake begegnete Noahs Blick. Der Ärger in seinem Blick ließ nach, wenn auch nur leicht. Das Schweigen war bedrückend, während Jake ihn musterte. Dann wanderte Jakes Blick zurück zu Lily, eine Frage in seinen Augen. Noah konnte Lilys Gesicht nicht sehen, aber was immer Jake dort sah, veranlasste ihn zu einem entschiedenen Nicken. Schließlich wandte er sich wieder an Noah. „Du liebst sie, ja?"

Noah nickte. Das war sicher nicht die Art und Weise, wie er Lily seine Gefühle hatte mitteilen wollen, aber er wollte sich nicht drücken. Jake schwieg noch einen Augenblick, bevor er sich an seinen Schreibtisch lehnte.

„Ich muss das wohl nicht sagen, aber wenn du ihr wehtust ...“

Lily trat vor Jake und stieß leicht gegen seine Brust. „Mein Gott! Ist das wirklich nötig? Was ist, wenn ich diejenige bin, die Noah wehtut? Es ist doch lächerlich, sich hier so aufzuspielen.“

Jakes Gesichtsausdruck wurde sanfter und er schmunzelte. „Du wirst Noah nicht wehtun. Du hast ein Herz aus Gold. Wenn er dir nicht so viel bedeuten würde, würdest du jetzt nicht hier stehen und dich so ins Zeug legen. Jeder deiner Freundinnen würde ihm in den Arsch treten, wenn er dir wehtun würde. Und Phoebe wäre die erste in der Reihe.“

Lily warf die Hände hoch und nahm ihren Kaffee aus der Halterung. „Wie auch immer.“ Dann drehte sie sich um und sah Noah an. Sein Herz zog sich zusammen, ihm blieb die Luft weg und die Lust schoss durch seine Adern. Lily war wie eine Droge mit direktem Draht zu seinem Herzen und seinem Körper. Alles war miteinander vermischt − Liebe, Lust und alles, was Lily ausmachte.

Dann nahm sie einen Schluck Kaffee und sah ihn mit ihren blauen Augen an. „Sind wir hier fertig?“

Noah brachte gerade noch ein Nicken zustande. So erleichtert er auch war, dass die Katze sozusagen aus dem Sack war, so wenig wollte er vor Jake einen Ständer bekommen. Er zwang sich, seinen Blick von Lily zu Jake zu wenden. „Ich melde mich, sobald ich bei Theo gewesen bin, um zu sehen, ob er bereit ist auszupacken.“

Als Jake nickte, hielt er inne und sammelte sich. „Ich hoffe, du weißt, dass ich nicht versucht habe, dich in Sachen Lily hinters Licht zu führen. Ich weiß, dass sie dir viel bedeutet. Aber es ist einfach ... passiert. Ich wollte, dass sie die Entscheidung trifft, mit dir darüber zu reden, aber es ist nun mal so, wie es ist."

Jake blickte zwischen ihnen hin und her, ein reumütiges Lächeln zog über sein Gesicht. „Ich hab's verstanden. Aber ich hoffe auch, dass du verstehst, worauf ich hinauswollte."

Der Respekt, den Noah vor Jake hatte, wurde noch größer, nachdem dieser Lily so sehr in Schutz genommen hatte. Noah nickte und wandte sich ab. Lily schnappte sich seinen Kaffee und reichte ihn ihm. „Du solltest dir lieber deinen Kaffee gönnen, bevor er noch ganz kalt wird."

———

Lily stand am Fenster ihres Wohnzimmers und schaute auf die verschneiten Bäume hinter dem Haus hinaus. Nach Noahs Erklärung gegenüber Jake hatte sie eigentlich vorgehabt, ihm zu gestehen, was sie für ihn empfand. Stattdessen war sie nach draußen getürmt und fast ausgerastet, war zu ihrem Auto geflüchtet und hatte ihm versprochen, ihn später zu treffen. Er hatte genauso verdutzt ausgesehen, wie sie sich gefühlt hatte. Nachdem sie nach Hause gekommen war, arbeitete sie ein paar Stunden lang und vergrub sich in langweilige Programmieraufgaben.

Es war bereits später Nachmittag und die Sonne begann, langsam unterzugehen. Sie verschwand hinter den Bäumen und überzog den Himmel mit lavendelfarbenen und rosa Streifen. Ein Kardinal landete auf einem Ast in der Nähe, ein Farbblitz im schwindenden

Licht. Da läutete Lilys Handy. Als sie es aus der Tasche zog, blitzte ihr eine SMS von Noah entgegen.

Kann ich vorbeikommen?

Lily errötete, obwohl sie ganz allein war. Es war ihr peinlich, dass sie nicht den Mut gefunden hatte, Noah direkt ihre Gefühle zu gestehen. Aber Jakes Einmischung war einfach zu viel für sie gewesen. Seit heute Nachmittag konnte sie nicht mehr klar denken. Sie brauchte unbedingt etwas Freiraum. Noah nahm nahezu den gesamten Platz in ihrem Herzen und in ihren Gedanken ein und sie hatte Angst, dass sie sich zu schnell in etwas hineinsteigerte. Sie wusste zwar nicht, ob sie das wirklich schaffen würde, aber sie war fest entschlossen, ihm zu sagen, dass sie etwas Zeit brauchte. Ihre Gefühle waren zu stark, zu heftig, so etwas hatte sie noch nie erlebt. *Noah hat direkt vor dir gestanden und deinem Bruder seine Liebe zu dir gestanden, und das ist dein Dank dafür? Das kann ich nicht. Nicht jetzt.*

Sie holte tief Luft, bevor sie Noah antwortete.

Ich stecke gerade mitten in der Arbeit.

Sie fühlte sich wie ein Feigling, aber sie brauchte eine Möglichkeit, einen klaren Kopf zu bekommen. Und das wäre in Noahs Nähe unmöglich.

Seine Antwort war kurz angebunden. *Alles klar.*

Ihr Herz pochte und die Angst in ihrer Brust wurde immer größer. Später schlief sie ein und fragte sich, ob sie gerade das Beste, was ihr je widerfahren war, kaputt gemacht hatte.

KAPITEL ZWÖLF

Einige Tage später wachte Noah allein in seinem Bett auf. Sobald er zu sich gekommen war, dachte er an Lily und er fühlte sich beinahe krank. Er wusste nicht, was zwischen den Augenblicken im Büro ihres Bruders und der letzten Nacht passiert war, aber sie verschloss sich ihm. Sein Herz pochte wie wild und er kam sich wie ein Vollidiot vor. Er hatte all seine Gefühle offenbart, aber es hatte überhaupt keine Auswirkungen gehabt. Er schlug die Decke zurück und zwang sich, aufzustehen. Kurze Zeit später lief er den Flur entlang, um nach seiner Mutter zu sehen. Nachdem er kurz an ihre Schlafzimmertür geklopft hatte, vernahm er eine schwache Entgegnung. Er stieß die Tür auf und fand seine Mutter im Bett sitzend vor, auf die Kissen gestützt und lesend.

Carol blickte zu ihm auf. „Na du." Ihre Augen waren müde, aber seine Mutter war schon immer müde gewesen, so lange er sich erinnern konnte. Mit seinem Vater verheiratet zu sein, war mehr als anstrengend gewesen. Noah hasste es, dass sie sich jetzt mit dem Krebs herumschlagen musste. Er wünschte sich, dass sie die Zeit genießen konnte, die sie jetzt hatte, wo sein Vater nicht mehr da war, der sie ständig runtergemacht, beschimpft und verprügelt hatte.

Mit einem Lächeln vertrieb er diese Gedanken. „Hey Mom, wie geht's dir heute Morgen?"

Ihre Schulter hob und senkte sich anmutig. „So gut, wie man das erwarten kann." Erwartungsvoll hielt sie seinen Blick fest. Er wusste, dass sie etwas mitbekommen hatte, denn sie hatte sich immer gut auf ihn einzustellen gewusst.

„Was?", fragte er.

„Alles in Ordnung?" Ihre sanfte Frage stieß an sein wundes Herz und seinen verletzten Stolz.

Er zuckte mit den Schultern. „Ich bin mir nicht sicher, was mit Lily los ist. Ich habe ihr gesagt, dass ich sie liebe, und jetzt lässt sie mich eiskalt abblitzen."

Carols Augen weiteten sich und sie holte tief Luft. Ihr Blick begegnete dem seinen, warm und besorgt. „Ich habe nichts gesagt, weil ich ja weiß, wie zurückgezogen du bist, aber Roxanne hat mir von euch beiden erzählt. Es klingt, als würde sie dir viel bedeuten."

Noah setzte sich auf die Kante des Bettes seiner Mutter und verschränkte seine Hände. „Das tut sie. Dabei hätte ich nie gedacht, dass ich jemals so etwas für jemanden empfinden würde. Ich wollte das ja nie, nachdem ich gesehen habe, wie Dad dich behandelt hat …"

Seine Mutter schüttelte den Kopf. „Was ich mit deinem Vater hatte, war keine Liebe. Diese Ehe war eine Folge eines jungen Mädchens, das nicht genug Verstand besessen hatte, um zu erkennen, was für ein Mann dein Vater war, bevor es zu spät war. Ich habe mir jahrelang Sorgen gemacht, dass du der Liebe nie eine Chance geben würdest, und das hat mir das Herz gebrochen, denn du bist alles, was ich mir je von einem Sohn gewünscht habe. Vor allem aber bist du ein großartiger Junge mit einem Herz aus Gold."

Tränen schnürten ihm die Kehle zu. Er holte mühsam Luft, als er sich umwandte und seiner Mutter in die Augen sah. „Vielleicht solltest du dir selbst den größten Teil des Verdienstes dafür zuschreiben. Immerhin hast du mir beigebracht, was Liebe ist."

Die Augen seiner Mutter brannten vor Tränen. Dann streckte sie ihm eine Hand entgegen. Er ergriff sie und drückte sie fest, bevor er sie wieder losließ.

„Aber ich bin mir nicht sicher, ob das jetzt noch wichtig ist", stellte er mit einem bitteren Unterton fest.

Seine Mutter seufzte. „Noah, die Dinge sind nicht immer so, wie sie scheinen. Soweit ich Lily kenne, hat sie sich noch nie wirklich mit irgendjemandem eingelassen. Ein Stolperstein muss nicht unbedingt etwas bedeuten. Die Liebe stellt seltsame Dinge mit den Leuten an. Selbst die Besten von uns sind mitunter ganz schön gemein zu denen, die wir am meisten lieben. Gib ihr ein bisschen Freiraum und schau, was passiert."

Er atmete tief durch und versuchte, die Enge in seiner Brust zu lösen und die Angst zu lindern, die ihn durchfuhr. Lily bedeutete ihm so viel, dass ihm das fast Angst machte. Er nickte entschlossen. „Gut. Ich werde es versuchen."

Nach einer langen Pause sah er sie wieder an. „Du hast noch nicht erwähnt, wann deine nächste Chemobehandlung ist."

„Nächste Woche. Aber du weißt, dass ich das alleine schaffe."

„Ich weiß. Ich begleite dich ja nicht, weil ich der Meinung bin, dass du es nicht schaffst. Ich möchte einfach bei dir sein."

Sie nickte langsam. „Also gut. Zeit für einen Themenwechsel. Wallace Peyton hat mich gestern angerufen."

„Was?" Noah bellte die Frage geradezu heraus.

Carol zog eine Augenbraue hoch und schmunzelte. „Schatz, du musst dir keine Sorgen machen, dass Wallace mich einschüchtern könnte. Ich habe Krebs und werde sterben. Das ist sehr befreiend, wenn man mal darüber nachdenkt."

„Mom, hör endlich auf zu sagen, dass du stirbst. Das weißt du doch gar nicht." Er musste die Angst zurückdrängen, denn die saß ihm stets im Nacken. Seine Mutter war eines der besten Dinge in seinem Leben. Obwohl er sich bis zum Tod seines Vaters auf Abstand gehalten hatte, war sie immer der Fels in der Brandung für ihn gewesen.

Sie sah ihm unverwandt in die Augen. „Vielleicht noch nicht so richtig, aber es ist nur eine Frage der Zeit. Ich weiß, das ist schwer für dich zu hören, aber für mich ist es einfacher, wenn ich mich dem stelle. Doch darüber wollte ich nicht mit dir reden. Ich wollte über Wallace sprechen."

„Was zum Teufel hat er denn gesagt?"

Seine Mutter warf ihm einen missbilligenden Blick zu, enthielt sich aber eines Kommentars. Sie gehörte zu den höflichsten Leuten, die er kannte. Schimpf-wörter gehörten normalerweise nicht zu ihrem Wortschatz.

Er zuckte leicht verlegen mit den Schultern.

„Er hatte gehofft, dass dich jemand zur Vernunft bringen könnte, weil du dich mit Jake und Hank einge-lassen hast. Er hat irgendeinen Schwachsinn erzählt, dass du nicht wirklich die ganze Geschichte kennst. Als ob ich so naiv wäre. Weiß der Himmel, warum er gedacht hat, dass ich ihm helfen würde. Wallace war schon immer viel zu sehr von sich überzeugt. Ich wette, ihm ist noch nie in den Sinn gekommen, dass es mir egal sein könnte, was mit ihm passiert. Tu mir trotzdem einen Gefallen."

„Jeden."

„Sei vorsichtig."

„Weißt du, ich habe mein Bestes getan, um nichts über Noah zu sagen, aber damit ist jetzt Schluss", erklärte Jake.

Lily stand in dem Haus, das Jake mit Phoebe bewohnte, und musterte ihn. Sie hatte die Arme vor der Brust verschränkt und versuchte, sich zusammenzureißen. Sie konnte noch nicht sagen, dass sie tief im Inneren wusste, dass sie einen riesigen Fehler gemacht hatte. Sie hatte sich eigentlich nur ein wenig Luft verschaffen wollen, aber jetzt wusste sie nicht, wie sie die Kluft, die sie geschaffen hatte, überbrücken sollte. Jedes Mal, wenn sie an Noah dachte, schlug ihr das Herz bis zum Hals. Sie atmete tief durch und zwang sich, ihren Bruder anzuschauen.

„Also gut, was ist so wichtig, dass du dich nicht raushalten kannst?", fragte sie trotzig.

Phoebe sah sie mit einem besorgten Blick an. Doch Lily schenkte ihr keine Beachtung. Sie hatte Phoebe nach Hause gefahren, da ihr Auto in der Werkstatt war.

Jake lehnte sich gegen den Tresen und sah ihr fest in die Augen. „Ich gebe zu, dass ich zuerst stinksauer wegen Noah war, aber er hat sich zusammengerissen und mir an Ort und Stelle deutlich zu verstehen gegeben, wie viel du ihm bedeutest. Und glaub mir, das ist ihm nicht leichtgefallen. Nun hat er zwar kein Wort zu mir gesagt, aber es ist offensichtlich, dass irgendwas nicht stimmt. Ich habe ihn in den letzten Tagen jeden Tag getroffen und er kann mich kaum ansehen, wenn ich deinen Namen erwähne. Heute habe ich ihn endlich zur Rede gestellt und er hat mir verraten, dass du nicht mehr mit ihm redest. Was zum Teufel ist bloß los mit dir?"

Aufgeregt begann Lily in der kleinen Küche hin und her zu laufen. „Keine Ahnung. Es ist einfach alles so schnell passiert. Ich habe einfach ein bisschen Zeit gebraucht ..."

„Zeit wofür?", konterte Jake.

„Um sicher zu sein, dass ich mich nicht nur von meinen dummen Shiftergefühlen leiten lasse!"

Jakes Augen weiteten sich, und Phoebe wandte sich mit fassungslosem Blick Lily zu.

„Was zum Teufel meinst du?", fragte Jake.

Lily warf ihre Hände hoch. „Genau das. Alles nur Gefühl, kein Verstand. Ich kann nicht mehr klar denken. Es scheint zu viel, zu schnell, zu ... alles. Ich hatte noch nie eine Beziehung, also sollte ich vielleicht einen Gang runterschalten und sichergehen, dass ich mich nicht bloß darauf einlasse, weil alles so neu und aufregend ist."

Jake sah sie ungläubig an. „Lily, du weißt", seine Worte trafen sie, „dass du nicht leugnen kannst, was deine Löwin will. Glaub mir, ich habe das jahrelang versucht. Erst als ich endlich auf das gehört habe, was ich schon die ganze Zeit über Phoebe gewusst hatte, habe ich angefangen, mich besser zu fühlen."

Ihr Magen verdrehte sich, als sie ihn anblickte. „Das ist aber nicht immer so. Wenn Shifter sich trennen, ist das eine hässliche, abgedrehte Geschichte."

Da meldete sich Phoebe zu Wort. „Lily, ich glaube, was Jake sagen möchte, ist, dass nicht jede Beziehung, die Shifter führen, auch wirklich für sie bestimmt ist. Ganz anders ist es, wenn du weißt, dass die andere Person oder der andere Shifter der Richtige und Einzige für dich ist." Sie schaute zu Jake. „Richtig?"

Er nickte heftig. „Und genau das spüre ich bei dir und Noah. Das ist so offensichtlich, dass ich nicht fassen kann, dass du das aufs Spiel setzt."

Lily stand da und versuchte, seine Worte aufzunehmen, aber sie ärgerte sich über seine Einmischungen und darüber, dass er dachte, er wüsste, was in ihrem Herzen vorging. Sie wirbelte herum und stürzte fast aus der Tür. Als sie nach Hause fuhr, kullerten ihr die Tränen über die Wangen.

———

Ein heftiges Klopfen ertönte an der Küchentür. Noah stand vom Küchentisch auf und öffnete die Tür. Jake stand da.

„Darf ich reinkommen?", fragte er.

Noah trat zurück und bedeutete Jake, hereinzukommen. Noahs Mutter war unterwegs, um Besorgungen zu machen. Noah betrachtete die Kaffeekanne und hielt sie fragend hoch. Jake schüttelte den Kopf.

„Setz dich doch", bat Noah, und ließ sich wieder auf einen Stuhl am Küchentisch fallen.

Jake setzte sich ihm gegenüber. Er war einen langen Augenblick lang ruhig.

„Alles in Ordnung?", fragte Noah schließlich, unsicher, warum Jake überhaupt hier war.

Jake zeichnete untätig einen Kreis auf den Tisch, bevor er das Wort ergriff. „Du denkst vielleicht, es geht mich nichts an, aber es geht um Lily."

Noahs Kehle schnürte sich zu und sein Herz pochte wie wild. Er wollte wirklich nicht mit Jake über

Lily sprechen. Seine Gefühle waren zu frisch, zu aufgewühlt. Aber er wusste nicht, wie er das Problem lösen sollte. Jakes Augen waren auf ihn gerichtet. Schließlich nickte er.

„Vielleicht bin ich ein bisschen heftig rübergekommen, als ich das erste Mal von dir und Lily gehört habe, aber ich glaube, du bist ein guter Kerl. Ich wollte dir nur Bescheid geben, dass Lily ziemlich stur sein kann."

Noahs Mund verzog sich und sein Atem kam in einem Räuspern heraus. „Das hätte ich mir denken können."

Jake lachte leise, bevor sein Blick wieder ernüchterte. „Sieh mal, Lily hat sich deswegen den Kopf zerbrochen, und ich befürchte, ich habe alles noch schlimmer gemacht. Ich habe versucht, mit ihr zu reden, und das hat sie nur noch mehr angestachelt. Ich hätte gar nichts gesagt, wenn ich nicht gesehen hätte, dass ihr beide im selben Raum wart."

Noahs Magen krampfte sich zusammen und er schnappte nach Luft. „Und du bist gekommen, um mir das zu sagen, weil …?"

„Weil ich denke, dass es vielleicht hilft, wenn du mit ihr redest." Jake verzog entschuldigend das Gesicht und zuckte mit den Schultern.

„Du denkst, ich sollte mit ihr reden? Sie hat mir doch gesagt, dass sie Freiraum braucht!"

„Ich weiß, ich weiß. Schau, du hast nicht mitbekommen, was ich durchgemacht habe, aber ich habe Jahre gebraucht, um mir einzugestehen, wie viel mir Phoebe bedeutet. In unserer Familie besitzen alle einen Dickkopf, der manchmal ziemlich selbstzerstörerische Züge hat. Ich weiß, dass Lily dich liebt. Ich habe gedacht, wenn sie dich von Angesicht zu Angesicht sieht, hört sie vielleicht auf, sich selbst im Weg zu stehen."

Noah fuhr sich mit einer Hand durch die Haare und seufzte. „Ich denke darüber nach."

Jake nickte langsam. „Das reicht mir schon."

KAPITEL DREIZEHN

Lily blickte aus dem Fenster. Das hatte sie in den letzten Tagen viel zu oft getan. Die Dämmerung brach herein und sie fühlte sich einsam. Sie vermisste Noah. Sie nahm innerlich den Mut zusammen, ihn anzurufen, aber sie war aufgeregt und kam sich irgendwie bescheuert vor. Ein kleiner Teil von ihr wusste, dass ihr Stolz ihr im Weg stand. Seufzend wandte sie sich von den Fenstern ab und betrachtete den Inhalt ihres Kühlschranks. Sie war hungrig, aber nichts schien verlockend und sie hatte sich diese Woche nicht die Mühe gemacht, einzukaufen. Da piepte ihr Handy und zeigte an, dass eine SMS eingegangen war. Ihr Herz klopfte, als sie sah, dass sie von Noah war.

Was dagegen, wenn ich vorbeikomme?

Hatte sie etwas dagegen? Nein! Erleichterung erfasste sie, so stark und schnell, dass sie kaum atmen konnte. Tränen stiegen ihr in die Augen. Sie zwang sich, ihre Augen zu schließen und versuchte, sich zusammenzureißen. Mit rasendem Puls tippte sie ihre Antwort ein.

Ja, natürlich. Und wann?

Jetzt?

Das ist aber schnell.

Ich stehe direkt vor deiner Tür.

Sie wirbelte herum und stürmte fast zur Tür. Als sie sie aufriss, wehte ein kalter Luftzug in den Raum. Noah stand da, seine bernsteinfarbenen Augen waren auf sie gerichtet. Er war so, wie er immer gewesen war – groß, dunkel, gutaussehend und so verdammt heiß, dass ihr der Atem stockte und ihr Puls wie wild raste, wenn sie ihn nur ansah. Jetzt, wo sie ihn näher kennengelernt hatte, war ihr Herz genauso überwältigt wie ihr Körper. Sie war so ergriffen von ihren Gefühlen, dass sie ihn einfach nur angaffte. Er zog eine Augenbraue hoch, als sie wie erstarrt in der Tür stand.

Sie machte einen schnellen Schritt zurück und murmelte irgendwelche Wortfetzen. Daraufhin trat er durch die Tür und schloss sie hinter sich. Sie schlang die Arme um ihre Taille und versuchte, die Gefühle, die durch ihren Körper schossen, in den Griff zu bekommen. Zwischen ihnen brummte diese süße Elektrizität. Sie zwang sich, ihre Arme zu lösen und zu ihm aufzuschauen. Der Blick in seinen Augen griff nach ihrem Herzen. Ohne ein Wort rückte er ganz nah an sie heran, seine Hand griff in ihr Haar, während er ihren Blick festhielt.

Dann schloss er die Augen und legte seine Stirn auf die ihre. Ein Schauer durchlief sie. Er legte einen Arm um sie und seine Hand glitt sanft über ihren Rücken. Sie fühlte sich von Wärme und Kraft umhüllt. Ihr Puls raste, obwohl sich ihr Herz zu beruhigen begann. Dann atmete sie ihn ein – den reinen Duft von Schnee und einem Hauch von Rauch, den er in sich trug.

Sehnsucht umfing sie, aber Lily wollte sich nicht mitreißen lassen, ohne vorher sicherzustellen, dass Noah wusste, was in ihrem Herzen vorging. Sie lehnte sich zurück und neigte ihr Gesicht zu seinem. Er wich gerade so weit zurück, dass sie seine Augen sehen konnte. Ihr Herz pochte und ihr Bauch krampfte sich zusammen.

Sie zwang sich, trotz ihrer Angst das Wort zu ergreifen. „Es tut mir leid, dass ich dich so vernachlässigt habe. Ich, ähm ... das ist alles neu für mich. Die Shifterin in mir war so stark, dass ich Angst hatte, unvernünftig zu handeln. Und dann ...“ Sie hielt inne und holte tief Luft. Ihr Herz pochte so schnell, dass sie zu schnell sprach und ihr die Worte davonliefen.

Bevor sie ein weiteres Wort hervorbringen konnte, fing er an, ihr durch die Haare zu streichen. „Ich habe ernst gemeint, was ich gesagt habe, weißt du. Ich liebe dich. Beim Aufwachen denke ich an dich und beim Einschlafen denke ich immer noch an dich. Ich versuche nicht, so zu tun, als wäre das etwas, was es nicht ist. Ich möchte alles mit dir, und ich warte so lange wie nötig, bis du bereit bist.“

Bei diesen Worten schlug ihr Herz bis zum Hals. Sie fühlte sich, als wäre die Sonne nach tagelangem Regen wieder herausgekommen. Seine Augen waren auf sie gerichtet und warteten. „Falls du das noch nicht bemerkt hast, ich habe noch nicht viel Erfahrung mit sowas. Ich wollte dir auch sagen, dass ich dich liebe, aber ich habe es vermasselt. Ich bin einfach ausgetickt. Mein Verstand ist mir in die Quere gekommen, so wie immer.“

Sobald die Worte ausgesprochen waren, fühlten sie sich so richtig und wahr an, dass ihre Brust vor lauter Gefühl fast zersprang. Sie wollte gerade wieder zu Atem kommen, als sich seine Lippen auf die ihren legten. Im Nu wurde sie von der schwindelerregenden Leidenschaft zwischen ihnen mitgerissen. Genauso schnell löste er seinen Kuss und zog sich zurück. Dann flüsterte er gegen ihre Lippen, sein Atem vermischte sich mit ihrem.

„Nun, dann ist es ja gut. Ich wäre ja bereit gewesen, einen auf gelassen zu machen, aber das wäre das Schwerste gewesen, was ich je getan hätte." Er gluckste leise und zog sich weiter zurück. Seine Hand löste sich von ihrem Haar und sein Daumen strich über die weiche Haut hinter ihrem Ohr, was ihr einen Schauer durch den ganzen Körper jagte. Der Blick in seine warmen, bernsteinfarbenen Augen durchflutete ihren Körper mit Hitze. Sie hatte Mühe, wieder zu Atem zu kommen. Seine Lippen streiften schnell über ihre, bevor er einen Schritt zurücktrat.

„Ich habe dich einfach sehen müssen, aber ehrlich gesagt bin ich am Verhungern."

Lily kicherte, ihre Gefühle waren so aufgewühlt, dass sie gar nicht mehr aufhören konnte zu lachen, sobald sie einmal angefangen hatte. Als sie sich wieder gefangen hatte, sah sie zu Noah hinüber, der sie mit einem belustigten Gesichtsausdruck beobachtete.

„Ich wollte nicht witzig sein."

Sein Magen knurrte hörbar, und wieder gluckste sie.

„Na gut, lass uns irgendwohin essen gehen. Ich würde dir ja anbieten zu kochen, aber ich habe diese Woche vergessen, in den Supermarkt zu gehen, also sind unsere Möglichkeiten hier begrenzt."

„Ins Trailhead?"

Sie nickte entschlossen und schritt zur Tür, schlüpfte in ihre Stiefel und warf sich ihre Jacke über.

———

Mitten in der Nacht wachte Noah auf. Lily lag halb auf ihm, ihre Beine in seine verschlungen und ihre Brüste an seiner Seite. Das Mondlicht fiel durch das Fenster und tauchte ihre Haut in einen silbrigen Schimmer. Als er den Kopf zur Seite drehte, sah er, dass es draußen schneite und die Schneeflocken funkelten, als wären sie Sternenstaub. Er ließ seine Hand über Lilys Rücken gleiten, bis er auf der üppigen Wölbung ihres Hinterns angelangt war. Sie schmiegte sich an ihn, ganz sanft und warm. Sein Körper regte sich – wieder einmal. Er lächelte vor sich hin. Er war stolz auf seine Körperbeherrschung und Selbstkontrolle – ein wichtiger Bestandteil seines Erfolgs beim Militär. Als Lily dann aufgetaucht war, hatte sie seine Selbstbeherrschung durch ihre bloße Anwesenheit zunichtegemacht. Im Rhythmus ihres Atems schlief er wieder ein.

KAPITEL VIERZEHN

Ein paar Tage später erinnerte sich Noah an die Bitte seiner Mutter, vorsichtig zu sein. Er blickte durch die Bäume auf einen Steinbruch. In Löwengestalt saß er versteckt in den Bäumen. Jake und Dane waren in der Nähe und hockten ebenfalls in den Bäumen. Sie beobachteten und warteten. Seine Tage bestanden darin, die letzten Geheimnisse zu lüften, die Callen Peyton hinterlassen hatte. Seine Nächte waren von Lily vereinnahmt worden – die Stunden mit ihr waren atemberaubend, leidenschaftlich und überwältigend. Wenn sie nicht gerade zusammen waren, genoss er ihre humorvolle Liebenswürdigkeit und ihre übermütige Unabhängigkeit. Auch jetzt gerade spukte sie ihm im Kopf herum. Sein Löwe krampfte sich bei dem Gedanken an sie vor Spannung zusammen. Aber er zwang sich, sich auf den gegenwärtigen Augenblick zu konzentrieren.

Zu Noahs Überraschung hatte Theo schließlich mit ihm gesprochen und den Stein ins Rollen gebracht, um Wallace Peyton zur Strecke zu bringen. Theo hatte erkannt, dass er ein leichtes Opfer sein würde und hatte sich stattdessen dazu entschieden, auszupacken. Obwohl ursprünglich Callen auf das Schmuggelnetzwerk gestoßen war, hatte sich Wallace schnell an die Spitze der Organisation gesetzt. Wallace hatte den Shiftern von Catamount angeboten, Drogen direkt nach Maine und in andere Teile Neuenglands zu schmuggeln, von wo aus sie im ganzen Osten verteilt werden sollten. Callen war auf dem Highway in Connecticut bei dem missglückten Versuch gestorben, zu beweisen, dass sich Shifter sicher in der Nähe von New York City fortbewegen können. Connecticut grenzte an New York und war ein winziger Bundesstaat, dessen Grenzen größtenteils von Pendlern nach New York überquert wurden.

Noah konnte immer noch nicht ganz glauben, wie bescheuert und raffgierig Callens Plan gewesen war. Abgesehen von den nördlichen Teilen Neuenglands, wo Catamount lag, war der Nordosten dicht besiedelt, mit mehreren großen Städten, darunter New York City. Der Plan hätte Wallace und allen anderen Beteiligten eine Menge Kohle eingebracht, denn der Preis für das Risiko und der mächtige Gewinn durch die direkte Verbindung in den Osten waren nicht zu unterschätzen. Callens Tod hatte Wallace nicht umgestimmt. Theo mochte vielleicht nicht viel Einfluss haben, aber er hatte sich so viele Jahre am Rande der Legalität bewegt, dass er Verbindungen hatte. Ohne Wallace würde die Schmuggelpipeline in Catamount zum Erliegen kommen. Niemand sonst in Catamount hatte die Mittel, um das durchzuziehen. Noah war vernünftig genug, um zu wissen, dass dies nur ein vorübergehender Rückschlag sein würde, aber es würde zumindest für eine Weile für Ruhe in Catamount sorgen.

Mit Hank und seiner Polizei als Verstärkung

warteten Noah, Jake und Dane draußen im Steinbruch auf eine geplante Lieferung. Derek hatte vorgeblich Kirks Forderung nachgegeben, den Steinbruch zu benutzen, damit sie Wallace und seine Leute auf frischer Tat ertappen konnten. Dies würde die erste tatsächliche Lieferung der Shifter im Westen sein. Jake hatte sich in Wallaces E-Mail- und Telefonkonten gehackt und die Kommunikation verfolgt. Wallace hatte versprochen, vor Ort zu sein, da dies die erste erfolgreiche Lieferung sein würde, wenn alles wie geplant verliefe.

Noah witterte Bewegung in den Bäumen auf der anderen Seite des Steinbruchs. Er blickte zur Seite und sah Jake und Dane, die in die gleiche Richtung blickten. Während sie sich umschauten, traten zwei Berglöwen aus den Bäumen und bewegten sich leise über das Feld zum Rand des Steinbruchs. An einer der Wände des Steinbruchs befand sich etwas, das wie ein verlassenes Fahrzeug aussah. Hohe Felsen umgaben den Steinbruch und bildeten einen natürlichen Schutzschild. Noah, Jake und Dane hatten diese Seite gewählt, weil sie tiefer lag und sie so in den Steinbruch hineinsehen konnten. Die Löwen warteten in der Kälte. Der Himmel war schiefergrau, die Luft feucht und kalt. Das Geräusch von Reifen auf Schotter durchbrach die Stille.

Da tauchte Brads Truck auf, in dem Brad und Wallace saßen. Sie parkten in der Nähe und stiegen aus. Günstigerweise hatten sie so angehalten, dass sie die Sicht auf die Bäume verdeckten. Nach einem kurzen Blickwechsel stiegen Noah, Jake und Dane heimlich von den Bäumen herunter. Als Brad und Wallace damit begannen, die Kisten aus dem Fahrzeug auszuladen und sie zu untersuchen, machten sie sich auf den Weg. Während sie über das Feld liefen, genoss

Noah den Rausch der Kraft und Stärke. In Löwengestalt loszulaufen war ein Gefühl der puren Kraft und Begeisterung. Er stürmte voran, während Jake und Dane mit ihm Schritt hielten, bis sie sich trennten, als sie die Fahrzeuge erreichten. Wallace und Brad hatten erstaunlicherweise nicht gehört, dass sie sich genähert hatten. Sie waren zu sehr damit beschäftigt, die Kisten aufzubrechen, um die Lieferung zu begutachten. Die beiden Shifter, die bereits auf sie gewartet hatten, schwenkten in ihre Richtung.

Wie geplant, nahmen Noah und Jake Brad und Wallace ins Visier, während Dane die beiden anderen ablenkte. Wenn sie Brad und Wallace überwältigen konnten, würden sie weiterhin im Vorteil sein. Wenn nicht, waren sie in der Unterzahl. Noah stürzte sich auf Wallace, der in letzter Sekunde auswich, aber nicht mehr rechtzeitig, um Noahs Angriff abzuwehren. Noah stieß ihn zu Boden. Doch Wallace war schnell und schlug heftig zurück. Die nächsten Minuten waren ein einziger Wirbel aus Bewegungen, Knurren und Zähnefletschen. Brad kämpfte nicht so wie sein Vater und ließ sich leichter besiegen. Jake schloss sich kurz Noahs Kampf mit Wallace an, zog sich aber zurück, als Noah es schaffte, Wallace erneut in die Zange zu nehmen. Dane hatte die beiden Shifter von außerhalb der Stadt geschickt überrumpelt und führte sie in Schlangenlinien zwischen den Bäumen hindurch. Als er sah, dass Jake auf ihn zukam, verfolgte er die beiden mit Hilfe von Derek, der an einem anderen Aussichtspunkt tiefer im Wald gewartet hatte, zurück in den Steinbruch.

Der Plan war, dass Hank und seine Leute den Steinbruch umzingeln und verhindern sollten, dass irgendjemand aus der Gegend entkommen konnte, aber vorzugsweise wollten sie in menschlicher Gestalt bleiben, um die Verhaftungen vornehmen zu können, ohne in irgendwelche Löwenkämpfe verwickelt zu werden. Sobald Derek zu ihnen stieß, konnte Noah seinen Griff um Wallace' Hals lockern. Wallace war ein stolzer Mann und Löwe. Obwohl er verletzt war, stand er auf, bevor er sich wieder in die menschliche Gestalt zurückverwandelte. Ohne eine Miene zu verziehen, raffte er in aller Ruhe seine zerrissene Kleidung zusammen und richtete sich auf. Er bewegte sich mit einem ausgeprägten Hinken. Sein Blick traf den von Noah – in ihm lag Verärgerung, aber auch ein Hauch von Respekt. Als Wallace zu Brad blickte, verzogen sich seine Lippen zu einem höhnischen Grinsen. Brad war eindeutig nicht der Sohn, den er erwartet hatte. Brad schenkte seinem Vater hingegen keine Beachtung.

Die nächsten paar Stunden vergingen schnell. Hank führte die Polizei heran, um die Lieferungen zu beschlagnahmen, und verließ den Ort mit Wallace, Brad und ihren beiden Komplizen in Handschellen. Noah stellte fest, dass einer von ihnen Carl Jasper sein musste, denn er sah Theo so ähnlich, dass es verblüffend war.

Spät in der Nacht begab sich Noah leise zum Haus seiner Mutter. Lily wartete bei sich zu Hause auf ihn. Sie hatte stündlich angerufen und SMS geschrieben, seit er ihr mitgeteilt hatte, dass Wallace endlich verhaftet worden war.

„Hey Mom", rief er leise, als er die Küchentür hinter sich schloss.

Sie saß am Küchentisch und las auf dem neuen Tablet, das er ihr geschenkt hatte. Sie liebte es zu lesen, beschwerte sich aber oft über das Licht, also hatte er ihr ein Tablet geschenkt, in der Hoffnung, dass sie damit leichter zurechtkommen würde. Nachdem sie es wochenlang nicht ausgepackt hatte, hatte sie es schließlich ausprobiert und war seitdem nirgendwo mehr ohne das Gerät hingegangen. Sie blickte auf, lächelte und stand auf, als er an ihrer Seite war.

Sie zog ihn in eine Umarmung und küsste ihn auf die Wange, während sie mit der Hand über sein Gesicht strich. „Warum bist du nicht gleich zu Lily gegangen? Ich habe die ganze Geschichte schon von Roxanne erfahren. Sie hat mich sofort angerufen, als sie die Neuigkeiten gehört hat."

Noah gluckste. „Das hätte ich wissen müssen. Ich wollte nur sicherstellen, dass du weißt, dass es mir gut geht und sehen, wie es dir geht."

Carol setzte sich wieder hin und grinste ihn an. „Ich komme schon klar. Ich habe ein neues Buch hier, du brauchst dir also keine Sorgen zu machen. Verschwinde von hier und geh zu deinem Mädchen." Dann machte sie eine abwinkende Handbewegung und widmete sich wieder ihrer Lektüre.

Eine kurze Fahrt später hielt er vor Lilys Haus. Sie empfing ihn an der Tür und zerrte ihn förmlich hinein. Er hatte noch keine Zeit gehabt, sich frisch zu machen, deshalb nahm sie ihn gleich genauestens unter die Lupe.

Sie schob den Rand seines Kragens beiseite und fuhr mit dem Finger einen Kratzer entlang. „Wenn ich dieses Shirt ausziehe, bist du dann völlig zerschunden?"

Ihre blauen Augen trafen seine, besorgt und schimmernd vor Tränen. Er nahm ihre Hand in seine. „Ein paar Kratzer, aber es geht mir gut. Kein Grund zur Sorge."

Dann senkte er seinen Kopf und küsste sie auf den Mund. Ihr Atem kam in einem Seufzer heraus, und er tauchte in die warme Süße ihres Mundes ein. Lust durchzuckte ihn. Das Adrenalin des Nachmittags pumpte immer noch durch seine Adern. Er zog sie heftig an sich. Plötzlich wollte er bloß noch in ihr sein. Er zog an ihrem Shirt und schob ihre Jeans nach unten. Sie tat es ihm gleich und riss ihm förmlich die Kleider vom Leib. Ihre Klamotten lagen um sie herum verstreut auf dem Boden. Da drehte er sich um und drückte sie mit dem Rücken gegen die Tür. Sein Schwanz pochte. Ihre weiche Haut gab unter seiner Berührung nach. Sie schnappte nach Luft, weil er so hart war, und krümmte sich in seiner Umarmung.

Mit einer Hand fuhr er unter ihren Oberschenkel, hob ihn hoch und tauchte in ihren durchnässten Spalt ein. Er stöhnte gegen ihren Mund und löste dann seine Lippen von ihr. Er musste unbedingt ihr Gesicht sehen. Ihre Wangen waren gerötet, ihr Haar unordentlich zerzaust. Ihre blauen Augen waren dunkel, ihre Lippen geöffnet. Ihr Puls pochte an ihrem Hals. Er strich mit einem Finger durch ihre Nässe, und sie keuchte. Dann streichelte er sie wieder und wieder ... und wieder. Ihre Hüften bewegten sich unruhig gegen seine Berührungen. Schließlich tauchte er seine Finger in sie ein. Sie schrie auf, ihre Augen fielen ihr zu und sie ließ ihren Kopf gegen die Tür sinken.

Da konnte er nicht mehr warten und zog seine Finger heraus, um über ihre Klitoris zu streichen. Sie reckte sich seiner Berührung entgegen. Er trat in die Wiege ihrer Hüften und stieß langsam gegen sie. Da weiteten sich ihre Augen und sie streckte sich ihm entgegen.

„Jetzt", flüsterte er.

Er stieß seine Eichel in sie hinein und hielt still, um sich zu zwingen, zu warten. Ihr Körper erbebte in seinen Armen und drängte sich ihm entgegen. Er drang tief in die süße Enge ihres Kanals ein. Sein Atem wurde von einem lauten Stöhnen unterbrochen. Ihr Blick haftete an seinem, ihre Gesichter waren nur wenige Zentimeter voneinander entfernt. Dann begann er, wieder und wieder in sie hinein zu stoßen, in den warmen, seidigen Druck ihres Körpers. Ihr Atem surrte, ihr Körper spannte sich plötzlich an und sie schrie auf, als sein Name in einem gebrochenen Singsang über ihre Lippen drang. Während sie um ihn herum pulsierte, entlud sich sein Orgasmus, der ihn bis an den Rand der Erschöpfung trieb. Die Erlösung war so heftig, dass seine Knie einen Augenblick lang nachgaben. Als er schließlich wieder zu sich kam, spürte er, wie sich Lilys Brüste im Rhythmus seines Atems gegen seinen Oberkörper hoben und senkten.

Einige Wochen später saß Noah neben seiner Mutter im Wartezimmer des Krankenhauses. Sie war auf dem Weg zu einer weiteren Chemobehandlung. Heute jedoch schenkte sie ihm kaum Beachtung. Lily hatte gefragt, ob sie sich zu ihnen gesellen könnte. Im Augenblick war sie voll damit beschäftigt, sich mit seiner Mutter zu unterhalten. Er lehnte seinen Kopf zurück an die Wand und seufzte. Er hatte nicht ahnen können, dass der bloße Umstand, dass sie zu diesem Termin mit ihm kam, eine weitere Mauer für ihn niederreißen würde, aber sein Herz schlug so heftig, dass er den Tränen nahe war.

Später am Nachmittag sah seine Mutter über den Küchentisch und schüttelte den Kopf. „Noah, ich möchte nicht bei dir und Lily einziehen. Ich fühle mich hier sehr wohl und ich genieße die Ruhe und den Frieden. Du musst dein Leben mit ihr beginnen."

„Mom, ich möchte aber nicht, dass du allein bist. Was ist, wenn du etwas brauchst? Wenn du wirklich hierbleiben möchtest, spreche ich mit Lily und wir können einfach warten."

Carol neigte ihren Kopf zur Seite. „Hör auf zu versuchen, das wiedergutzumachen, was dein Vater angerichtet hat und hör auf, dich schuldig zu fühlen, weil du erst nach seinem Tod zurückgekommen bist."

„Mom ..."

Sie hob eine Hand. „Ich kenne dich. Ich weiß, dass dich das belastet hat, aber lass es gut sein. Ich war so froh, als du nicht mehr unter der Fuchtel deines Vaters standest. So schrecklich die Sache mit dem Drogenschmuggel für Catamount auch war, ich bin dankbar für das, was dir die Sache beschert hat. Du hast dich von hier aus direkt in die Spezialeinheiten hochgearbeitet, aber immer, wenn du in Catamount gewesen bist, hast du so getan, als ob das alles keine Rolle gespielt hätte. Dadurch, dass du überall mit angepackt hast, hast du erkannt, dass dir niemand hier wegen deines Vaters einen Vorwurf macht. Das freut mich ungemein. Und was meine Wohnung angeht, so bleibe ich genau hier, und ich dulde nicht, dass du versuchst, deine gemeinsame Zeit mit Lily zu verzögern."

Er warf seiner Mutter einen langen Blick zu und seufzte. Eine Anspannung, von der er gar nicht gewusst hatte, dass er sie in sich getragen hatte, löste sich aus seinem Körper. Er konnte die Vergangenheit nicht ändern, aber die Zukunft, und er konnte sich daran erinnern, dass die Vergangenheit eben bloß ein Teil seiner Geschichte war.

Später am Abend sah er Lily dabei zu, wie sie Gemüse schnippelte und in einer Pfanne rührte. Er hatte festgestellt, dass sie eine hervorragende Köchin war, auch wenn sie sich etwas zierte. Er kramte in seiner Tasche und holte eine kleine Schachtel heraus. Um nach vorne zu blicken, hatte er sich entschieden, nicht vor der einen Sache zurückzuschrecken, die ihm immer noch Angst machte: Heiraten oder auch nur der Gedanke daran. Als er daraufhin seiner Mutter davon erzählt hatte, hatte sie ihn gefragt, ob irgendwas an seiner Beziehung zu Lily auszusetzen sei.

„Wenn du bloß wegen deines Vaters einen weiten Bogen um die Ehe machst, lässt du zu, dass er immer noch Macht über dich hat."

Die Worte seiner Mutter hallten in seinem Kopf wider, als er die kleine Schachtel in seinen Händen drehte. Er hatte Roxanne überredet, ihn nach Portland zu begleiten, um einen Ring für Lily zu besorgen. Nachdem er den Ring aus der Schachtel genommen hatte, schob er die Schachtel zurück in seine Tasche. Der Ring lag wie ein brennendes Stück Kohle in seiner Handfläche. Lily mochte keine Steine, also hatte er sich mit Roxannes ausdrücklicher Zustimmung für einen einfachen Platinring entschieden. Sein Herz klopfte wie wild, als er zu Lily hinübersah. Sie war damit beschäftigt, das Pfannengericht zu schwenken, das sie gerade zubereitete. Ihr Haar war zu einem lockeren Pferdeschwanz gebunden, der unordentlich zur Seite hing. Sie muss gespürt haben, dass er in ihre Richtung schaute, denn sie blickte auf.

„Was?", fragte sie.

Da stieß er sich von der Theke ab. Er blieb vor ihr stehen, wie sie mit einem Pfannenwender in einer Hand und leuchtenden blauen Augen dastand, und holte tief Luft. Er versuchte, die richtigen Worte zu finden, aber das gelang ihm nicht. Stattdessen hielt er einfach seine Handfläche vor. Ihre Augen senkten sich und wanderten sofort wieder zu den seinen hinauf. Seine Sprachlosigkeit spiegelte sich in der ihren wider. In ihren Augen schimmerten Tränen.

Schließlich ergriff sie das Wort. „Meine Güte. Heißt das ...?"

Da kehrte die Fähigkeit zu sprechen wieder zu ihm

zurück. „Das heißt, dass ich alles will. Dazu gehört auch, dass du weißt, dass ich hundertprozentig zu dir stehe."

Der Pfannenwender fiel klirrend zu Boden, als Lily ihre Arme um ihn schlang. Er hielt sie fest, umarmte sie und atmete ihren sanften Duft ein – einen Hauch von Vanille und Honig. Als sie sich zurückzog, erbebte ihr Lächeln. Sie biss sich auf die Lippe, ein Hauch von Schüchternheit lag in ihren Augen. Als sie nichts sagte, krampfte sich sein Herz zusammen und er befürchtete, dass er zu schnell gehandelt hatte.

Schließlich rief sie aus: „Ja. Aber natürlich. Ja."

Da durchzuckte ihn Erleichterung, gefolgt von einer unbändigen, strahlenden Freude.

———

Lily blickte in den Raum hinaus. Sie hatte entschieden, dass es an der Zeit war, ein Treffen mit Freunden zu veranstalten, da sie und Noah nun offiziell zusammen waren. Noah war vor ein paar Wochen eingezogen. Er ließ es sich natürlich nicht nehmen, jeden Tag bei seiner Mutter vorbeizuschauen, was einer der vielen Gründe war, warum Lily ihn liebte. Noah lehnte mit den Hüften am Küchentresen, während er mit Jake und Dane sprach.

Seine dunklen Locken waren unordentlich, wie immer. Sie konnte immer noch nicht ganz glauben, dass Noah Jasper ihr gehörte. Ihre wildesten Jugendträume hätten sie nicht darauf vorbereiten können, wie dieser Mann aussehen würde. Groß, dunkel, gutaussehend und so heiß, dass er sie in die Knie zwang. Sie wollte gerade auf ihn zugehen, als Phoebe sie am Ellbogen festhielt. „Kommt Shana heute Abend auch?"

Lily sah sich im Raum um. „Sie hat versprochen, hier zu sein." Ein Hauch von Sorge machte sich in ihr breit. „Hast du heute schon von ihr gehört?"

Phoebe schüttelte den Kopf. „Seitdem die Ermittlungen in Catamount endlich abgeschlossen sind, ist sie, ich weiß nicht, irgendwie abgetaucht. Ich vermute, sie ist erleichtert, dass es vorbei ist, aber jetzt hat sie nichts mehr, womit sie sich beschäftigen kann. Die Art und Weise, wie Callen gestorben ist und was er hinterlassen hat, war nicht gerade einfach für sie."

Lily seufzte. „Ich weiß. Wir können bloß für sie da sein."

Als sie sich im Raum umsah, fiel ihr Blick auf Noah. Zwischen ihnen flammte plötzlich ein Blitz auf. Phoebe schüttelte den Kopf und lächelte verschmitzt. „Ich sehe später nach Shana. In der Zwischenzeit solltest du besser rübergehen. Ihr zwei seid wirklich die Schlimmsten."

„Worin die Schlimmsten?"

„Ihr seht aus, als würdet ihr gleich in Flammen aufgehen, wenn ihr euch nur anschaut."

Phoebe stupste sie mit der Schulter an und Lily durchquerte den Raum an Noahs Seite. In den Wochen seit der Verhaftung von Wallace und seinen anderen Komplizen hatte sich die Lage in der Stadt beruhigt, aber ihre größte Sorge galt Montana. Laut Jake und Noah hatte Jakes Kontaktmann dort bestätigt, dass das Netzwerk in diesem Gebiet weiterhin stark war. Soviel man sagen konnte, war die Verbindung nach Catamount aber unterbrochen worden. Lily konnte sich nicht überwinden, über den Augenblick hinaus zu denken, aber die Sorge schwang immer noch in ihr nach. Der Gedanke an Shana rückte sie wieder in den Vordergrund.

Als sie Noahs Seite erreichte, legte er seinen Arm

um ihre Taille und zog sie an sich. Sie spürte ein Kribbeln im ganzen Körper, ein warmer Strom, der in ihr aufstieg. Ihr Bruder war so freundlich, sich elegant aus dem Gespräch zu verabschieden, und Dane folgte ihm. Als sie zu Noah aufblickte, begegnete sie seinem bernsteinfarbenen Blick, der Funken durch sie jagte und die Glut des Feuers entfachte, das nie erlosch.

„Also …“, begann er und wölbte eine Augenbraue.

„Also, was?“

„Waren wir jetzt lange genug gute Gastgeber? Ich brauche dich. Und zwar sofort. Und da ist es nicht gerade förderlich, wenn das Haus voller Leute ist.“

Lilys Bauch krampfte sich zusammen und die Feuchtigkeit sammelte sich zwischen ihren Schenkeln. So schlimm war das mit ihm. Sie biss sich auf die Lippe und nickte. Dann neigte er den Kopf und strich schnell mit seinen Lippen über ihre.

„Wer von uns beiden hat denn nun Kopfschmerzen?“, fragte er.

Sie kicherte und errötete durch und durch.

Etwa eine Stunde später ließ sie sich gegen ihn sinken. Seine Haut war feucht, genau wie ihre. Ihr gleichmäßiges Atmen zog sich durch das Schlafzimmer. Ihr Körper fühlte sich wie flüssig an, so befriedigt, dass sie sich nicht mehr bewegen konnte. Noahs Handfläche strich in Kreisen über ihren Rücken. Das Mondlicht fiel durch die Fenster auf das Bett und verlieh dem Raum ein zauberhaftes, zeitloses Ambiente. Das Letzte, woran sie sich erinnerte, war das Gefühl seiner Lippen an ihrem Hals, bevor sie einschlief.

Melden Sie sich unbedingt für meinen Newsletter an, um die neuesten Nachrichten, Leseproben und mehr zu erhalten! Klicken Sie hier, um sich anzumelden: https://jh-croix.ck.page/ee53a5ef22

Als nächstes in der Serie: **Auserkorene Gefährtin**

ÜBER DEN AUTOR

USA Today-Bestsellerautorin J. H. Croix lebt mit ihrem Mann und zwei verwöhnten Hunden in einer kleinen Stadt. Croix schreibt zeitgenössische Liebesromane mit starken Frauen und Alphamännern, die sich nicht scheuen, Gefühle zu zeigen. Ihre Liebe zu schrulligen Kleinstädten und den dort lebenden Charakteren spiegelt sich in ihren Texten wider. Machen Sie einen Spaziergang auf der wilden Seite der Romantik mit ihren Bestseller-Romanen!

jhcroixauthor.com
jhcroix@jhcroix.com

facebook.com/jhcroix
instagram.com/jhcroix
bookbub.com/authors/j-h-croix

www.ingramcontent.com/pod-product-compliance
Lightning Source LLC
Chambersburg PA
CBHW071927190726
48293CB00004B/1198